EDIÇÕES BESTBOLSO

Monsieur Bergeret em Paris

Um dos maiores nomes da literatura francesa nas duas primeiras décadas do século XX, Anatole France (1844-1924), cujo nome verdadeiro era Jacques Anatole François Thibault, sempre se opôs a todas as formas de opressão e defendia os direitos do homem, o livre exercício da crítica e a liberdade. O escritor tornou-se conhecido mundialmente pelos seus textos refinados, de tom cético e sutil. Em 1921, foi agraciado com o Prêmio Nobel de Literatura. Anatole France recompõe toda a vida de um grande centro da província francesa nos quatro volumes da série História Contemporânea:

Volume 1: À sombra do olmo
Volume 2: O manequim de vime
Volume 3: O anel de ametista
Volume 4: Monsieur Bergeret em Paris

1

Monsieur Bergeret* estava à mesa e fazia o seu módico repasto da noite. Riquet jazia aos seus pés, sobre uma almofada de tapeçaria. O cão tinha uma alma mística, e tributava ao dono um culto divino. Considerava o amo muito bom e grandioso. Mas era principalmente quando o via à mesa que concebia a soberana altivez e bondade de monsieur Bergeret. Se todas as coisas referentes à alimentação lhe eram significativas e preciosas, as que diziam respeito à refeição humana eram-lhe augustas. Ele venerava a sala de jantar como a um templo, e a mesa como a um altar. Durante a refeição, guardava o seu lugar aos pés do seu senhor, em silêncio e imobilidade.

– É um franguinho especial – disse a velha Angélique, pousando a travessa na mesa.

– Muito bem! Queira cortá-lo – disse monsieur Bergeret, inábil no manejo das armas e de todo incapaz para a função de escudeiro trinchante.

– Está bem – disse Angélique. – Mas não é às mulheres e sim aos cavalheiros que cabe trinchar as aves.

– Eu não sei fazer isso.

– Monsieur devia aprender.

Esse diálogo não era novo. Angélique e o patrão o repetiam a cada vez que vinha uma ave assada para a mesa. E não era levia-

---

*Optamos por manter a grafia francesa para monsieur Bergeret a fim de preservar o título, já consagrado, deste volume da coleção História Contemporânea. (N. do E.)

namente, nem por certo para poupar-se o trabalho, que a velha se obstinava em oferecer ao amo o trinchante, como um penhor do respeito que lhe era devido. Entre os aldeões que ela deixara, e entre os pequeno-burgueses a que servira, tradicionalmente cabe ao dono da casa a tarefa de cortar a carne. E o respeito às tradições era inerente a sua alma leal. Angélique não aprovava que monsieur Bergeret se furtasse ao seu dever, delegando a ela aquela função senhoril e não cumprindo seu ofício à mesa, uma vez que não era suficientemente fidalgo para confiá-lo a um mordomo, como faziam os Brécé, os Bonmont e outros, na cidade e no campo. Sabia a quanto obriga a dignidade de um burguês que janta em sua casa, e persistentemente se esforçava por meter o patrão em brios.

— A faca está bem afiada. Monsieur podia ao menos experimentar com uma asa. Não é difícil encontrar a junta, quando o frango é macio.

— Angélique, queira cortar essa coisa.

Ela obedeceu contrariada e foi, um tanto constrangida, trinchar o frango a um canto do aparador. Em matéria de alimentação humana, ela tinha ideias mais precisas mas não menos reverentes que as de Riquet.

Enquanto isso, monsieur Bergeret pensava as razões do preconceito que induzia a boa mulher à crença de que o direito de manejar o trinchante seja exclusivo do chefe da casa. Não buscava essas razões num sentimento altruísta e generoso que levasse o homem a assumir uma tarefa enfadonha e isenta de atrativos. É óbvio que os trabalhos mais penosos e desagradáveis de uma casa seguem sendo deveres das mulheres, ao longo do tempo, pelo consenso unânime dos povos. Ao contrário, ele ligava a tradição conservada pela velha Angélique à ideia antiga de que a carne de animais destinada ao sustento do homem é coisa tão preciosa que só o chefe da família pode e deve reparti-la e distribuí-la. Ocorreu-lhe à lembrança Eumeu, o divino porqueiro, recebendo Ulisses em seu estábulo, que ele não reconheceu, mas a quem deu tratamento condigno, como a um hóspede enviado por Zeus. "Eumeu ergueu-se para perfazer a partição, pois tinha o caráter reto. Cortou sete pedaços. Consagrou um às Ninfas e a Hermes, filho de Maia, e serviu um dos restantes a cada conviva. E ofereceu ao seu hóspede, para distingui-lo, todo o lombo do porco. Ao que o sutil Ulisses se regozijou, dizendo a Eumeu: 'Eumeu, possas tu merecer sempre a graça paternal de Zeus, por me haveres honrado, tal como estou, com a melhor parte!'" E monsieur Bergeret, junto à velha criada, filha da terra nutriz, sentiu-se transportado aos dias da Antiguidade.

— Monsieur quer servir-se?...

Só que ele não tinha, como o divino Ulisses e como os reis de Homero, um apetite heroico. E, enquanto jantava, lia o seu jornal aberto sobre a mesa. Era outra prática que a serviçal não aprovava.

— Riquet, queres frango? — perguntou monsieur Bergeret. — Está excelente.

Riquet não se manifestou. Quando ficava sob a mesa, nunca pedia comida. Por melhor que cheirassem os pratos, jamais reclamava a sua parte. Nem mesmo ousava tocar o que lhe fosse oferecido. Recusava-se a comer numa sala de jantar humana. Monsieur Bergeret, que era afetuoso e compassivo, teria de bom grado partilhado o seu repasto com o companheiro. Tentara, de início, brindá-lo com alguns pequenos bocados. Dissera-lhe com urbanidade, mas não sem certa soberba que não raro acompanha a beneficência:

— Lázaro, recebe as migalhas do bom rico, pois que para ti, pelo menos, eu sou o bom rico.

Mas Riquet sempre recusara. A majestade do local o assustava. É possível que também tivesse recebido, em seu passado, lições que lhe houvessem ensinado a respeitar as iguarias do dono.

Certa vez, monsieur Bergeret insistira mais que de costume. Retivera longamente sob o nariz do amigo um suculento naco de carne. Riquet voltara a cabeça e, saindo de debaixo da toalha, fitara no amo os seus belos olhos mansos, cheios de meiguice e de censura, que diziam:

"Mestre, por que me tentas?"

E com a cauda retraída, as patas fletidas, arrastando-se sobre o ventre em sinal de humildade, fora sentar-se tristemente contra a porta. Ali ficara durante toda a refeição. E monsieur Bergeret admirara a santa paciência do seu pequeno companheiro de pelo escuro.

Ele conhecia, portanto, os sentimentos de Riquet. Razão por que não insistiu dessa vez. Não ignorava, ademais, que Riquet, após o jantar a que assistia com respeito, iria comer avidamente em sua tigela na cozinha, sob a pia, a bufar e a fungar muito à vontade. Despreocupado quanto a isso, retomou o curso dos seus pensamentos.

"Para os heróis", cogitava, "comer era um assunto importante. Homero não deixou de contar que, no palácio do louro Menelau, era Eteônio, filho de Boeto, quem cortava as carnes e as repartia. Um rei era digno de louvores quando cada um à sua mesa recebia o seu justo quinhão do boi assado. Menelau conhecia os costumes. Helena, com seus alvos braços, lidava na cozinha com suas servas. E o ilustre Eteônio dividia as carnes. O orgulho de tão nobre função reluz ainda nas faces glabras dos nossos mordomos. Estamos presos ao passado por raízes profundas. Mas não sinto fome, tenho pouco de glutão. E também nisso Angélique Borniche, essa mulher primitiva, me critica. Ela me daria mais valor se eu tivesse o apetite de um Átrida ou de um Bourbon."

Monsieur Bergeret pensava sobre isso quando Riquet, deixando sua almofada, foi latir em frente à porta.

Era um ato inesperado, pelo que tinha de extraordinário. O cãozinho jamais saía do seu coxim antes que o seu dono deixasse a mesa.

Riquet já estivera ladrando por alguns minutos quando a velha Angélique, mostrando pela porta entreaberta uma fisionomia perturbada, anunciou que "as senhoritas" haviam chegado. Monsieur Bergeret entendeu que ela se referia a Zoé, sua irmã, e a sua filha, Pauline, embora não as esperasse tão cedo. Mas sabia que Zoé tinha modos despachados e era dada a impulsos repentinos. Levantou-se da mesa. Enquanto isso, Riquet, ao rumor dos passos que agora se ouviam no corredor, esganiçava terríveis gritos de alarme. Sua prudência de selvagem, que resistira a uma educação liberal, o induzia a julgar todo forasteiro um inimigo. Naquele instante farejava grande perigo: a assustadora invasão da sala de jantar, com ameaças de ruína e devastação.

Pauline saltou ao pescoço do pai, que a abraçou com o guardanapo na mão e recuou em seguida para contemplar aquela mocinha, misteriosa como todas as mocinhas, que ele não reconhecia mais após um ano de ausência, que lhe era ao mesmo tempo muito próxima e quase estranha, que lhe pertencia por obscuras origens e que lhe escapava pela força ardente da juventude.

– Olá, papai!

A própria voz estava mudada, menos aguda e mais harmoniosa.

– Como estás crescida, minha filha!

Achou-a bonita com seu narizinho afilado, seus olhos inteligentes e seus lábios faceiros. Sentiu-se feliz por isso. Mas esse prazer foi de repente nublado pelo pensamento de que raramente se encontra a felicidade neste mundo, e de que os seres jovens, buscando a felicidade, se lançam a uma empresa incerta e difícil.

Beijou Zoé rapidamente em cada face.

– Quanto a ti, não mudaste nem um pouco, minha boa Zoé... Eu não as esperava hoje. Mas estou bem contente de vê-las.

Riquet não podia compreender que o amo prestasse àquelas estranhas uma acolhida tão cordial. Teria parecido mais lógico que as expulsasse com violência. Mas já estava habituado a nem sempre encontrar explicação para as ações humanas. Não importa qual fosse a atitude de monsieur Bergeret, ele cumpria o seu dever. A intervalos, latia demoradamente para aterrar as intrusas. Depois tirava do fundo da garganta rosnados coléricos e rancorosos; um terrífico franzir de lábios descobria-lhe os dentinhos brancos. E ele ameaçava o inimigo enquanto recuava.

– Tens um cãozinho, papai? – exclamou Pauline.

– Eu não as esperava antes de sábado – disse monsieur Bergeret.

– Recebeste minha carta? – perguntou Zoé.

– Sim – disse monsieur Bergeret.

– Não, a outra.

– Só recebi uma.

– Não se pode ouvir nada aqui.

Com efeito, Riquet latia a plenos pulmões.

– Há poeira no bufê – disse Zoé ao pôr ali o seu regalo. – Tua empregada não o limpa?

Riquet não podia tolerar que se apoderassem assim do aparador. Fosse pelo fato de sentir uma aversão particular pela senhorita Zoé, fosse por julgá-la mais importante, era contra ela que dirigia com maior veemência os seus ladridos e rosnados. Quando a viu pôr as mãos no móvel que guardava o alimento humano, elevou a voz a tal ponto que os copos retiniram sobre a mesa. A senhorita Zoé, virando-se bruscamente para ele, perguntou-lhe com ironia:

– O quê? Queres devorar-me, tu?

E Riquet fugiu espavorido.

– É bravo, o teu cãozinho, papai?

– Não. É muito inteligente e não é bravo.

– Não me parece inteligente – disse Zoé.

– Mas é – disse monsieur Bergeret. – Ele não pode compreender todas as nossas ideias; mas nós também não compreendemos todas as ideias dele. As almas são impenetráveis umas às outras.

— Tu, Lucien — disse Zoé —, é que não sabes julgar as pessoas.
Monsieur Bergeret dirigiu-se a Pauline:
— Vem cá, deixa que eu te olhe um pouco. Não te reconheço mais.

Riquet teve uma inspiração. Resolveu procurar Angélique na cozinha e adverti-la, se possível fosse, dos desmandos que assolavam a sala de jantar. Era ela sua última esperança para restabelecer a ordem e rechaçar o invasor.

— Onde puseste o retrato de nosso pai? — perguntou a senhorita Zoé.

— Sentem-se e comam — disse monsieur Bergeret. — Temos um franguinho e várias outras coisas.

— Papai, é certo que vamos morar em Paris?

— No mês que vem, filha. Estás contente?

— Sim, papai. Mas também ficaria contente de morar no campo, se pudesse ter um jardim.

Ela parou de comer o frango e disse:

— Papai, eu te admiro. Estou orgulhosa de ti. És um grande homem.

— É o que pensa também Riquet, o cachorrinho — disse monsieur Bergeret.

2

A mobília do professor foi embalada sob a vigilância da senhorita Zoé, e levada à estrada de ferro.

Durante os dias de mudança, Riquet vagava tristemente pelo apartamento devastado. Mirava com desconfiança Pauline e Zoé, cuja vinda precedera de poucos dias aquele desconcerto na habitação antes tão pacífica. As lágrimas da velha Angélique,

que chorava o dia inteiro à beira do fogão, aumentavam a sua tristeza. Seus hábitos mais caros eram contrariados. Homens desconhecidos, malvestidos, grosseiros e intratáveis perturbavam-lhe o repouso e invadiam até a cozinha, tropeçando no seu prato de comida e na sua tigela de água fresca. As cadeiras lhe eram arrebatadas à medida que nelas se instalava, e os tapetes, puxados bruscamente de sob o seu pobre traseiro que, em sua própria casa, ele já não sabia onde meter.

Diga-se, em seu favor, que de início ele tentara resistir. Quando removeram a talha, ele latira furiosamente contra os assaltantes. Mas ninguém respondera ao seu apelo. Ele não se sentia encorajado; na verdade, por incrível que pudesse parecer, era até hostilizado. A senhorita Zoé dissera-lhe secamente: "Cala essa boca!" E a senhorita Pauline acrescentara: "Riquet, deixa de ser bobo!"

Renunciando desde então a lançar advertências inúteis e a lutar sozinho pelo bem comum, ele deplorava em silêncio o descalabro da casa e procurava em vão, de quarto em quarto, um pouco de sossego. Quando os homens da mudança entravam no cômodo onde ele tinha se refugiado, escondia-se por cautela debaixo de alguma mesa ou cômoda ainda remanescente. Mas essa precaução vinha a ser-lhe mais danosa que útil, pois logo o móvel se abalava sobre ele, se elevava, recaía com estrondo e ameaçava esmagá-lo. Ele fugia, exasperado, o pelo arrepiado, em busca de outro abrigo, que não era mais seguro que o primeiro.

E todos esses incômodos e até mesmo esses perigos eram poucos, comparados aos pesares que lhe confrangiam o coração. Era o seu moral, como se diz, que estava mais afetado.

Os móveis do apartamento não eram para ele coisas inertes, mas entes animados e benfazejos, gênios favoráveis cuja partida pressagiava cruéis infortúnios. Travessas, açucareiros, frigideiras, caçarolas, todas as divindades da cozinha; poltronas, tapetes, almofadas, todos os fetiches do lar, seus deuses domésticos, já se tinham ido. Ele não acreditava que um tão terrível desastre pudesse jamais ser reparado. E aquilo lhe causava tanto desgosto quanto podia conter a sua minúscula alma. Ainda bem que, tal como a alma humana, ela era fácil de distrair e encontrava-se sempre pronta a esquecer os seus males. Durante as longas ausências dos carregadores sedentos, quando a vassoura de velha Angélique levantava a poeira antiga do assoalho, Riquet farejava ratos, acompanhava a fuga de uma aranha, e sua mente frívola divertia-se com aquilo. Mas em pouco ele recaía no seu abatimento.

No dia da partida, vendo as coisas piorarem de hora em hora, ele se desesperou. Pareceu-lhe especialmente detestável que se empilhassem as roupas em caixas escuras. Pauline, em alegre alvoroço, fazia o seu baú. Ele desviou a vista como se ela estivesse praticando um ato ignóbil. E, encolhido contra a parede, pensava: "Pronto! Aconteceu o pior! É o fim de tudo!" Fosse por julgar que as coisas cessavam de existir quando deixasse de vê-las, fosse unicamente para evitar um espetáculo penoso, deu-se o cuidado de não mais olhar para o lado de Pauline. Quis a má sorte que em suas idas e vindas ela notasse a atitude de Riquet. Aquela atitude, que era triste, pareceu-lhe cômica, e ela pôs-se a rir. E, sempre rindo, chamou-o: "Vem cá, Riquet! Vem cá!" Mas ele não se arredou do seu canto, nem sequer voltou a cabeça. Não estava no momento com disposição de fazer festas à sua jovem patroa, e por um secreto instinto, por uma espécie de pressentimento, tinha medo de se aproximar da arca escancarada. Pauline chamou-o várias vezes. E como ele não se desse por achado, foi pegá-lo e levantou-o nos braços. "Como estamos infelizes!", disse-lhe. "Como estamos rabugentos!" Sua inflexão era irônica. Riquet era incapaz de compreender a ironia. Permaneceu inerte e taciturno nos braços de Pauline, fingindo nada ver e nada ouvir. "Riquet, olha para mim!" Ela repetiu três vezes o comando, em vão. Então, simulou uma violenta cólera: "Animal estúpido, some da minha vista!" E atirou-o dentro do baú, fechando a tampa sobre ele. Nesse momento a tia a chamou e ela saiu do quarto, deixando Riquet engaiolado.

Sozinho ali, assaltaram-no vivas inquietações. Estava a mil léguas de supor que tivesse sido trancado naquele cofre por simples brincadeira e travessura. Julgando que a situação já era por si bastante desastrosa, decidiu não agravá-la com iniciativas impensadas. Por conseguinte, ficou imóvel algum tempo, sem respirar. Depois, não mais se sentindo ameaçado por qualquer nova desgraça, achou conveniente explorar a tenebrosa prisão. Tateou com as patas as anáguas e camisas sobre as quais fora tão miseravelmente precipitado e passou a procurar uma saída por onde escapar. Ocupava-se disso havia dois ou três minutos quando monsieur Bergeret, que se preparava para sair, o chamou:

— Aqui, Riquet, aqui! Vamos dizer adeus a Paillot, o livreiro... Vem cá! Onde estás?...

A voz de monsieur Bergeret trouxe a Riquet um grande reconforto. Ele anunciou sua presença com o rumor de suas patas que, no interior do baú, arranhavam freneticamente a parede de vime.

— Onde está esse cachorro? — perguntou monsieur Bergeret a Pauline, que voltava carregando uma pilha de roupa.

— Dentro da mala, papai.

— Por que dentro da mala?

— Porque eu o pus ali, papai.

Monsieur Bergeret caminhou até a arca e disse:

— Também o jovem Comatas, que tocava na sua flauta guardando as cobras do amo, foi encerrado numa burra. E ali foi nutrido com mel pelas abelhas das Musas. Mas tu, Riquet, morrerias de fome nessa mala, pois não gozas o favor das Musas imortais.

Assim falando, monsieur Bergeret devolveu a liberdade ao amigo. Riquet seguiu-o até a saleta de entrada, sacudindo a cauda. Então um pensamento atravessou-lhe o espírito. Ele entrou outra vez no apartamento, correu para Pauline e pôs-se de pé contra as saias da menina. E só depois de abraçá-las tumultuosamente em sinal de adoração foi juntar-se ao seu dono nas escadas. Ele se julgaria carente de sabedoria e devoção se não rendesse aquele tributo de amor a uma pessoa cujo poder o havia arremessado num calabouço profundo.

Monsieur Bergeret achou a loja de Paillot feia e triste. O livreiro estava ocupado em conferir, com seu caixeiro, as encomendas da Escola Comunal. A tarefa não lhe permitiu estender-se nas despedidas ao professor. Ele nunca fora muito loquaz; e, envelhecendo, perdia pouco a pouco o uso da palavra. Estava cansado de vender livros, achava que o negócio ia de mal a pior, e não via a hora de transferir o seu fundo e retirar-se para sua casa de campo, onde passava todos os domingos.

Monsieur Bergeret enfiou-se, como de costume, no canto dos alfarrábios, e apanhou na prateleira o tomo XXXVIII da *História geral das viagens*. Ainda dessa vez o livro abriu-se entre as páginas 212 e 213, e ele leu aquelas mesmas linhas insípidas:

> (...) uma passagem ao norte. "A este revés", diz ele, "devemos o fato de ter podido visitar de novo as ilhas Sandwich e enriquecer a nossa viagem com uma descoberta que, embora a última, parece ser, sob muitos aspectos, a mais importante jamais realizada pelos europeus em toda a extensão do oceano Pacífico." Os preciosos dados que estas palavras pareciam anunciar infelizmente não se consubstanciaram.

Aquelas linhas, que ele lia pela centésima vez e que lhe lembravam tantas horas da sua vida medíocre e difícil, embelezada entretanto pelos ricos trabalhos da mente, aquelas linhas cujo sentido ele jamais buscara fixar, impregnavam-no agora de desânimo e tristeza, como se fossem um símbolo da inanidade de todas as nossas esperanças e a expressão da futilidade universal.

Ele fechou o livro, que abrira tantas vezes e que nunca mais ia abrir, e saiu abatido da livraria de Paillot.

Na Place Saint-Exupère lançou um último olhar à casa da rainha Margarida. Os raios do sol poente destacavam suas vigas decoradas e, no intenso contraste de luz e sombra, o escudo de Philippe Tricouillard revelava com orgulho as formas do seu soberbo brasão, eloquentes insígnias ostentadas, como exemplo e censura, sobre aquela cidade estéril.

Reentrando na casa desmobiliada, Riquet esfregou com as patas as pernas do dono e levantou para ele os seus belos olhos aflitos; e o seu olhar dizia:

"Será que tu, até há bem pouco tão rico e poderoso, te tornaste pobre? Será que te tornaste fraco, ó meu senhor? Deixas que homens cobertos de farrapos vis venham invadir a tua sala de visitas, o teu quarto de dormir, a tua sala de jantar, revirar os teus móveis e carregá-los para fora, arrastar pelas escadas a tua bela poltrona, a nossa poltrona, a poltrona em que descansávamos os dois todas as noites, e muitas vezes de manhã, um ao lado do outro. Eu a ouvi gemer nos braços daqueles homens maltrapilhos, aquela poltrona que é um precioso fetiche e um gênio benfazejo. Não te opuseste àqueles invasores. Se não tens mais nenhum dos espíritos que enchiam a tua morada, se perdeste até aquelas pequenas divindades que calçavas de manhã quando te levantavas da cama, aqueles chinelos que eu por brincadeira mordia, se és agora indigente e miserável, ó meu amo, o que será de mim?"

— Lucien, não temos tempo a perder — disse Zoé. — O trem parte às oito e nós ainda não jantamos. Vamos jantar na estação.

— Amanhã estarás em Paris — disse monsieur Bergeret a Riquet. — É uma cidade ilustre e generosa. Essa generosidade, é preciso que se diga, não se reparte entre todos os seus habitantes. Ao contrário, ela se limita a um número muito pequeno de cidadãos. Mas toda uma cidade, toda uma nação, contém-se nuns poucos indivíduos que pensam com mais força e com mais justeza que os demais. O resto não conta. Aquilo que se chama o gênio de uma raça só atinge a consciência de quase imperceptíveis minorias. São raros em toda parte os espíritos suficientemente livres para se emanciparem dos terrores vulgares e descobrirem por si mesmos a verdade oculta.

3

Ao chegar a Paris, monsieur Bergeret alojara-se com sua irmã Zoé e sua filha Pauline numa casa que ia ser demolida, e que começou a lhe agradar depois que ele soube que não permaneceria nela. O que ele ignorava era que, de um modo ou de outro, a sua permanência teria duração limitada. A senhorita Bergeret já tomara por sua conta essa decisão. Só contratara aquela moradia para dar-se o tempo de encontrar outra mais conveniente, e não permitira que se fizessem despesas de instalação.

Era uma casa da rue de Seine, que tinha bem os seus cem anos, e que, se nunca chegara a ser bonita, tinha agora o aspecto da velhice. A porta-cocheira abria-se modestamente para um pátio úmido, entre a tenda de um sapateiro e a de um empacotador. Monsieur Bergeret estava no segundo pavimento, e tinha por vizinho de andar um restaurador de quadros cuja porta, ao entreabrir-se, deixava ver pequenas telas sem moldura ao redor de uma estufa de faiança: paisagens, retratos antigos e uma donzela de pele dourada, reclinada entre arvoredos escuros, sob um céu verde. As escadas, bastante claras e rendadas de teias de aranha nos cantos, tinham degraus de madeira guarnecidos de ladrilhos nas curvas. Pela manhã, encontravam-se ali folhas de verdura caídas dos cestos de compras das donas de casa. Nada daquilo atraía monsieur Bergeret.

Ainda assim ele se entristecia perante a ideia de morrer para mais aquelas coisas, depois de ter morrido para tantas outras, que nada tinham de preciosas, mas cuja sucessão formara a trama da sua vida.

Todos os dias, cumprida a obrigação, ele saía a procurar uma casa. Pensava em continuar, de preferência, naquela mesma parte da cidade, a *rive gauche* do Sena, onde vivera seu pai, e onde lhe parecia respirar-se uma vida pacata e uma atmosfera de estudo. O que tornava a busca difícil era o estado das ruas revolvidas, sulcadas de valas profundas e semeadas de montículos, eram os cais impraticáveis e para sempre desfigurados. Sabe-se que naquele ano de 1899 a fisionomia de Paris fora completamente transtornada, fosse porque as novas condições de vida exigissem um considerável número de obras, fosse porque a aproximação de uma grande feira mundial tivesse excitado por toda parte uma desmedida atividade e um súbito frenesi de realizações. Monsieur Bergeret afligia-se de ver a cidade subvertida, sem compreender muito bem a necessidade de tudo aquilo. Mas, sendo uma pessoa equilibrada, tratava de se conformar e acalmar-se pela meditação, e quando passava pelo seu belo Quai Malaquais, tão cruelmente depredado por engenheiros impiedosos, chorava as árvores arrancadas e os alfarrabistas expulsos, e ruminava, não sem um certo estoicismo:

"Perdi meus amigos, e eis que tudo quanto me aprazia nesta urbe, sua paz, sua graça, sua beleza, sua clássica elegância, sua nobre paisagem histórica, é violentamente arrebatado. Todavia a razão deve sobrepor-se ao sentimento. Não vale a pena remoer-se em vãs saudades do passado, nem queixar-se das mudanças que nos importunam, uma vez que a mudança é a própria condição da vida. Talvez todo esse desarranjo seja necessário, talvez seja preciso o sacrifício da beleza e tradição desta cidade a fim de que se torne menos dura e dolorosa a existência da maioria dos seus cidadãos."

E espiando, entre grupos de entregadores ociosos e policiais indolentes, os operários que escalavravam a riba ilustre, monsieur Bergeret cogitou ainda:

"Vejo aqui a imagem da cidade do futuro, cujos mais altos edifícios só são assinalados por essas cavas profundas, levando a crer aos menos avisados que os que labutam para erguer essa cidade, que a nós não será dado ver, cavam abismos, quando em verdade estarão a edificar talvez a morada da prosperidade, da paz e da alegria."

Assim monsieur Bergeret, sendo homem de boa vontade, via com bons olhos a construção da cidade ideal. Não lhe era tão fácil acomodar-se às obras da cidade real, quando se via a cada passo sujeito a cair, por distração, em algum buraco.

Entrementes pesquisava uma nova residência, guiado pela fantasia. As casas velhas lhe agradavam, porque as suas pedras tinham para ele uma linguagem. Atraía-o particularmente a rue Gît-le-Coeur, e cada vez que via um letreiro anunciando um apartamento para alugar ao lado de uma carranca em arco de pedra sobre uma porta de onde se via a extremidade de um corrimão de ferro forjado, ele galgava os degraus, acompanhado por uma sórdida zeladora, em meio a um bafio infecto, acumulado por séculos, de ratos e realimentado em cada andar pelas emanações de cozinhas miseráveis. Oficinas de encadernação e cartonagem contribuíam, às vezes, com uma horrível fedentina de cola apodrecida. E monsieur Bergeret se retirava desamparado.

Em casa, à mesa do jantar, relatava à sua irmã Zoé e à sua filha Pauline o resultado infeliz de suas investigações. A senhorita Zoé escutava-o sem se preocupar. Estava resolvida a procurar e a encontrar por sua própria conta. Tinha o irmão por um homem superior, mas incapaz de uma ideia razoável na prática da vida.

— Estive vendo um lugar no Quai Conti. Não sei o que vocês duas achariam. Tem vista para um pátio, com um poço, muros cobertos de hera e uma estátua de Flora, coberta de musgos e mutilada, sem cabeça, mas que continua a tecer uma guirlanda de rosas. Visitei também um pequeno apartamento na rue de la Chaise: dá para um jardim, onde há uma grande tília com um galho que, quando as folhas tiverem brotado, entrará no meu gabinete. Pauline terá um quarto grande, que ela poderá tornar encantador com alguns metros de chitão florido.

— E o *meu* quarto? – perguntou a senhorita Zoé. – Tu nunca pensas no meu quarto. Aliás...

Ela não concluiu, não dando muita importância ao relatório que lhe fazia o irmão.

— Talvez sejamos obrigados a morar num prédio novo – disse monsieur Bergeret, que era sensato e acostumado a submeter os seus desejos à razão.

— Receio que sim, papai – disse Pauline. – Mas não te preocupes, nós te arranjaremos uma trepadeira que há de subir à tua janela, eu te prometo.

Ela acompanhava a procura com humor, sem muito interesse no assunto, como uma jovem a quem as mudanças não espantam, que sente confusamente que o seu destino ainda não está fixado, e que vive numa espécie de constante espera.

— As casas novas – continuou monsieur Bergeret – são mais fáceis de cuidar. A mim não agradam, talvez porque nelas eu sinta melhor, num luxo que se pode medir, a vulgaridade de uma vida mesquinha. Não é que eu lamente, mesmo por vocês, a mediocridade da minha condição. São o banal e o comum que me desagradam... Vocês devem achar-me absurdo.

— Ora, nada disso, papai!

— Nos edifícios modernos, o que eu acho detestável é essa correspondência exata das disposições, a estrutura das habitações por demais patente, que se vê de fora. De há muito que os moradores das cidades vivem empilhados uns por sobre os outros. E já que a tua tia não quer saber de uma casinha de subúrbio, eu prefiro me acomodar num terceiro ou quarto andar, e é por isso que renuncio às velhas construções muito a contragosto. Sua irregularidade torna mais suportável o empilhamento.

Passando por uma rua nova, eu me pego pensando que essa superposição de moradias, nas construções recentes, é de uma uniformidade que a torna grotesca. Essas pequenas salas de jantar, arrumadas umas sobre as outras, com as mesmas janelinhas, com os mesmos lustres de cobre, que se acendem todos à mesma hora; essas cozinhas diminutas com suas despensas viradas para o pátio e suas criadas desmazeladas, essas salas de visitas com seus pianos uns em cima dos outros; em suma, esses prédios novos me revelam, pela geometria da sua estrutura, as atividades quotidianas das criaturas que eles encerram, tão claramente como se os assoalhos fossem de vidro; e todas essas pessoas que comem umas sobre as outras, tocam piano umas sobre as outras, dormem umas sobre as outras, simetricamente, compõem, pensando bem, um espetáculo ao mesmo tempo cômico e humilhante.

— Os moradores pouco se incomodam — disse a senhorita Zoé, que estava firmemente decidida a se estabelecer num prédio novo.

— Que é engraçado, isso lá é — disse Pauline pensativa.

— Tenho encontrado, vez por outra, apartamentos que me agradam — disse monsieur Bergeret. — Mas o aluguel é muito caro. Essa experiência me faz duvidar da verdade de um princípio estabelecido por um homem admirável, Fourier, segundo o qual é tal a diversidade dos gostos que as choupanas seriam tão procuradas quanto os palácios, se nós estivéssemos em harmonia. Mas o caso é que nós não estamos em harmonia. Senão teríamos todos uma cauda prênsil para nos dependurarmos às árvores. Fourier afirmou-o expressamente. Outro homem de valor, o príncipe Kropotkine, assegurou-nos mais recentemente que um dia nós poderemos ter a troco de nada os palacetes das grandes avenidas, que os seus proprietários abandonarão quando não tiverem mais serviçais para conservá-los. Eles ficarão felizes, diz esse bondoso príncipe, de presenteá-los às mulheres do povo, que não se incomodarão de ter uma cozinha no subsolo. Enquanto esse tempo não chega, a questão da habitação é árdua e problemática. Zoé, faz-me o favor de ir ver esse tal apartamento do Quai Conti de que te falei. Ele está bem estragado, pois serviu durante trinta anos como depósito de um fabricante de produtos químicos. O proprietário não quer fazer os reparos, pensando em alugá-lo como armazém. As janelas são em lucarna. Mas delas se pode ver um muro revestido de hera, um poço coberto de musgo e uma estátua de Flora, decapitada mas ainda encantadora. Não é coisa fácil de se encontrar em Paris.

4

— Sim, está para alugar — disse a senhorita Zoé Bergeret, parada à frente do pórtico. — Está para alugar, mas nós não vamos alugá-lo. É grande demais. E depois...

— Não, não vamos alugá-lo. Mas não queres visitá-lo? Estou curioso de revê-lo — disse monsieur Bergeret timidamente à irmã.

Hesitaram. Pareceu-lhes, ao penetrarem sob a abóbada escura e profunda, que ingressavam na região das sombras.

Percorrendo as ruas à procura de uma nova residência, tinham passado por acaso pela estreita rue des Grands-Augustins, que conservou seu aspecto desde o Ancien Régime, e cujas calçadas escorregadias nunca secam. Fora numa casa dessa rua, eles se lembravam, que haviam passado seis anos da sua infância. O pai, professor da universidade, ali se instalara em 1856, depois de levar por quatro anos uma existência errante e precária, sob um ministro hostil que o perseguira de cidade em cidade. E o apartamento onde Zoé e Lucien haviam começado a respirar o dia e a sentir o gosto da vida estava agora para alugar, segundo anunciava o cartaz batido pelo vento.

Atravessando o beco que passava sob uma sacada maciça, experimentaram um estranho sentimento de tristeza e compunção. O interior úmido do pátio era cercado por paredes que a chuva e as brumas do Sena faziam mofar lentamente desde a minoridade de Luís XIV. Um alpendre à direita da entrada servia como alojamento do porteiro. Ali, no vão da porta-janela, uma pega saltitava em sua gaiola, e no cubículo, por trás de um jarro de flores, uma mulher costurava.

– É o do segundo andar, dando para o pátio, que está para alugar?

– Esse mesmo. Querem vê-lo?

– Sim, gostaríamos de vê-lo.

A porteira os precedeu, levando uma chave. Eles a seguiram em silêncio. A lúgubre antiguidade da casa fazia recuar a um passado insondável as lembranças que os irmãos redescobriam naquelas pedras enegrecidas. Subiram a escada de pedra com uma ansiedade dolorosa, e quando a mulher abriu a porta do apartamento, ficaram imóveis no patamar, receosos de entrar naqueles quartos onde lhes parecia que as recordações da infância repousariam aos montes, como pequenos cadáveres.

– Podem entrar. O apartamento está desocupado.

A princípio, nada reconheceram no grande vazio dos aposentos e na novidade dos papéis pintados. E surpreenderam-se de se terem tornado estrangeiros a coisas outrora tão familiares...

– Ali fica a cozinha... – dizia a porteira. – Ali, a sala de jantar... Aqui, a sala de visitas...

Uma voz gritou do pátio:

– Senhora Falempin?...

A porteira enfiou a cabeça por uma das janelas da sala de visitas, depois, tendo-se desculpado, desceu a escada em passos arrastados, a gemer.

Então os dois irmãos começaram a lembrar-se.

Vestígios das horas inimitáveis, dos dias desmesurados da infância pouco a pouco lhes voltaram.

– Olha a sala de jantar – disse Zoé. – O aparador ficava ali, encostado à parede.

– O aparador de acaju, "marcado pelas cicatrizes das suas odisseias", como dizia o nosso pai, quando o professor com sua família e sua mobília eram enxotados sem trégua, do norte ao meio-dia e do levante ao ocidente, pelo ministro do 2 de dezembro. Aqui ele pôde repousar alguns anos, coxo e contundido.

– Olha a estufa de faiança no seu nicho.

– Mudaram a chaminé.

– Será?

– Sim, Zoé. A nossa tinha no alto uma cabeça de Júpiter Trofônio. Naquela época distante era costume dos fabricantes da Cour du Dragon decorar com um Júpiter Trofônio os tubos das chaminés de faiança.

– Tens certeza?

– Como? Não te lembras daquela cabeça cingida por um diadema, e com uma barba em ponta?

– Não.

– Bom, não é de admirar. Sempre foste indiferente às formas das coisas. Não reparas em nada.

– Sou melhor observadora do que tu, meu pobre Lucien. És tu que não vês nada. Ainda outro dia, quando Pauline ondulou os cabelos, tu nada percebeste... Sem mim...

Ela não concluiu. Movia em torno da peça vazia os seus olhos verdes e a ponta do seu nariz comprido.

– Era ali, naquele canto, que ficava a senhorita Verpie, com os pés sobre o seu braseiro. Sábado era o dia de costura. A senhorita Verpie nunca faltava um sábado.

– Senhorita Verpie – suspirou Lucien. – Que idade teria ela hoje? Já era velha quando nós éramos pequenos. Ela nos contava uma história de um pacote de fósforos. Nunca a esqueci, e posso repetir palavra por palavra como ela a contava: "Foi quando se estavam assentando as estátuas na Pont des Saints-Pères. Fazia um frio cortante que deixava os dedos dormentes. De volta do mercado, eu olhava os trabalhadores. Havia um ajuntamento para ver como eles poderiam suspender estátuas tão pesadas. Eu tinha o meu cesto debaixo do braço. Um senhor bem-posto me diz: 'A senhorita está a arder!' Então eu sinto cheiro de enxofre e vejo sair fumaça do meu cesto. Meu pacote de fósforos de 6 *sous* tinha pegado fogo." Era como a senhorita Verpie contava sua aventura. Contava-a com frequência. Fora, decerto, a mais extraordinária da sua vida.

— Esqueceste uma parte importante, Lucien. As palavras exatas da senhorita Verpie eram: "Um senhor bem-posto me diz: 'A senhorita está a arder.' Eu lhe respondo: 'Siga o seu caminho e não se preocupe comigo.' 'Como queira, senhorita.' Então eu sinto cheiro de enxofre..."

— Tens razão, Zoé. Eu mutilei o texto e omiti um trecho considerável. Por sua resposta, a senhorita Verpie, que era corcunda, mostrou-se uma mulher prudente e virtuosa. É um ponto que não se podia suprimir. Creio lembrar-me, a propósito, que ela era uma pessoa extremamente pudica.

— E a mamãe, coitada — disse Zoé —, que tinha a mania dos remendos. Como se aproveitavam as coisas nesta casa!...

— Sim, ela gostava de lidar com as agulhas. Mas o mais encantador é que antes de pôr-se a coser na sala de jantar ela arrumava perto dela sobre a mesa, onde batesse sol, um molho de goivos num vaso de barro, ou margaridas, ou frutos com folhagens num prato. Dizia que as maçãs eram tão belas de se ver quanto as rosas; nunca vi alguém apreciar tanto quanto ela a beleza de um pêssego ou de um cacho de uvas. Quando lhe mostravam no Louvre as naturezas-mortas de Chardin, ela as achava muito boas; mas notava-se que preferia as suas próprias. E com que convicção me dizia: "Olha, Lucien: pode haver coisa mais admirável que esta pena caída da asa de uma pomba?" Não creio que ninguém tenha amado a natureza com maior simplicidade e candura.

— Pobre mamãe! — suspirou Zoé. — E no entanto, em se tratando de roupas, ela tinha um gosto horrível. Uma vez comprou-me no Petit-Saint-Thomas um vestido azul. Era o que se chamava azul-faísca, e era pavoroso. Aquele vestido foi o desgosto da minha infância.

— Mas tu nunca foste vaidosa.

— É o que pensas?... Pois estás muito enganado. Eu bem que teria gostado de andar bem vestida. Mas era preciso poupar nas toaletes da irmã mais velha para fazer as camisolas do pequeno Lucien. E nem podia ser de outra maneira!

Passaram a um cômodo estreito, uma espécie de corredor.

— Era o gabinete de trabalho do papai — disse Zoé.

— Será que o dividiram em dois por um tabique? Eu o imaginava bem maior.

— Não, era assim mesmo. Aqui ficava a escrivaninha. E acima dela ficava o retrato do senhor Victor Leclerc. Por que não guardaste aquela estampa, Lucien?

— O quê! Então este cubículo encerrava a multidão confusa dos seus livros, uma população inteira de poetas, filósofos, historiadores, oradores! Bem pequeno, eu escutava seu silêncio, que enchia os meus ouvidos com um zumbido majestoso. Era, sem dúvida, aquela ilustre assembleia que afastava as paredes. Em minha lembrança era uma vasta sala.

— Era uma grande barafunda. Ele nos proibia de fazer arrumações no seu gabinete.

— Era portanto aqui que, sentado em sua cadeira vermelha, com a gata Zobeide aos seus pés sobre uma velha almofada, trabalhava o nosso pai! Era daqui que nos olhava com aquele sorriso lento, que ele conservou na sua doença, até sua última hora. Eu o vi sorrir docemente para a morte, como sorrira para a vida.

— Asseguro-te que estás enganado, Lucien. Ninguém viu papai morrer.

Monsieur Bergeret permaneceu algum tempo pensativo, depois falou:

— É engraçado: eu o revejo em minha lembrança, não encanecido e alquebrado pela idade, mas moço ainda, tal como era quando eu era bem pequeno. Vejo-o, franzino e delicado, com seus cabelos negros e revoltos. Aquelas mechas, que pareciam sempre batidas pelo vento, casavam bem com as cabeças entusiásticas daqueles homens de 1830 e de 1848. Bem sei que era um toque de escova que dispunha assim seus penteados. Mas, fosse como fosse, eles pareciam viver sobre os cumes e em meio às tempestades. Seu pensamento era mais elevado que o nosso, mais generoso. Nosso pai acreditava no advento da justiça social e da paz universal. Proclamava o triunfo da República e a harmoniosa formação dos Estados Unidos da Europa. Sua decepção seria cruel, se ele voltasse nestes nossos dias.

Enquanto ele falava, a senhorita Bergeret já saíra do gabinete. Ele juntou-se a ela na sala de visitas, vazia e ecoante. Ali recordaram as poltronas e o canapé de veludo grená com que, crianças, eles tinham construído, em suas brincadeiras, muralhas e cidadelas.

— Ah! A tomada de Damieta! — exclamou monsieur Bergeret. — Lembras-te, Zoé? Mamãe, que não desperdiçava nada, guardava as folhas de papel prateado que embrulhavam as barras de chocolate. Certa vez ela me deu uma grande quantidade delas, que eu recebi como um presente magnífico. Fiz com elas capacetes e couraças, colando-as às folhas de um velho atlas. Uma noite em que o primo Paul veio jantar conosco, eu lhe dei uma dessas armaduras, que era a de um sarraceno, e vesti outra: a armadura de São Luís. Eram ambas armaduras de folha. A rigor, nem os sarracenos nem os barões cristãos se armavam dessa forma no século XIII. Mas tal consideração não nos deteve, e eu conquistei Damieta. Essa lembrança me traz de volta a mais cruel humilhação da minha vida. Senhor de Damieta, eu fiz prisioneiro o primo Paul, amarrei-o com as cordas de pular das meninas e empurrei-o com tanto ímpeto que ele foi de nariz ao chão e abriu num berreiro lastimoso, apesar da sua bravura. Mamãe acorreu ao barulho, e quando viu o primo Paul, que jazia desconjuntado e em prantos no assoalho, levantou-o, enxugou-lhe as lágrimas, abraçou-o e me disse: "Não te envergonhas, Lucien, de bater em alguém menor do que tu?" E de fato o primo Paul, que nunca chegou a ser muito grande, era então bem pequenino. Eu poderia ter argumentado que é assim que se faz nas guerras. Mas não me justifiquei, e fiquei todo confuso. Minha vergonha era redobrada pela magnanimidade do primo Paul, que dizia chorando: "Eu não me machuquei."

Monsieur Bergeret suspirou e prosseguiu:

– Ah, a bela sala de visitas dos nossos pais! Sob esta vestimenta nova eu a redescubro pouco a pouco. Como era acolhedor aquele feio papel verde de ramagens! Como era suave a penumbra difundida por aquelas horríveis cortinas de repes cor de vinho, como era confortável o calor que elas guardavam! Sobre a lareira, do alto da pêndula, Espártaco, de braços cruzados, lançava um olhar indignado. Suas correntes, que eu costumava puxar para me distrair, um dia ficaram-me nas mãos. Que bela sala! Mamãe nos chamava aqui às vezes quando recebia velhos amigos. Nós vínhamos cumprimentar a senhorita Lalouette, que tinha mais de 80 anos. As faces dela eram terrosas e encardidas. Uma barba mofada brotava-lhe do queixo. Um longo dente amarelado passava-lhe entre os lábios manchados de preto. Por que espécie de magia a lembrança daquela velhota horrível tem hoje um encanto que me atrai? Que feitiço me faz desencavar os resquícios daquela figura bizarra e longínqua? A senhorita Lalouette dispunha, para viver com seus quatro gatos, de uma pensão vitalícia de 1.500 francos, dos quais gastava a metade mandando imprimir folhetos sobre Luís XVI. Carregava sempre uma dúzia deles em seu cesto. A boa mulher tomara a peito provar que o Delfim se evadira do Templo dentro de um cavalo de madeira. Lembras-te, Zoé? Um dia ela nos ofereceu almoçar no seu quarto da rue de Verneuil. Lá, sob camadas de sujeira antiga, havia misteriosos tesouros, escrínios e ouro e bordados.

— É verdade — disse Zoé. — Ela nos mostrou rendas que haviam pertencido a Maria Antonieta.

— A senhorita Lalouette tinha maneiras requintadas — continuou monsieur Bergeret. — Ela falava bem. Conservara a pronúncia antiga. Dizia: *un segret, un fi, une do*.* Por intermédio dela eu tinha um vislumbre do reinado de Luís XVI. Mamãe nos chamava também para cumprimentarmos o senhor Mathalène, que não era tão velho quanto a senhorita Lalouette, mas era feíssimo. Jamais uma alma tão boa se mostrou sob aparência mais medonha. Era um padre interdito, que papai encontrara em 1848 nos clubes, e a quem prezava por suas opiniões republicanas. Mais pobre que a senhorita Lalouette, privava-se de alimento para, como ela, fazer imprimir panfletos. Os seus destinavam-se a provar que o Sol e a Lua giram em torno da Terra, e não são em realidade maiores que um queijo. Era exatamente o que pensavam os papalvos: mas o senhor Mathalène só chegara àquela conclusão após trinta anos de cálculos e meditações. Algumas de suas brochuras ainda podem ser encontradas nos arcanos dos alfarrabistas. O senhor Mathalène tinha um grande zelo pelo bem-estar dos homens, a quem ele espantava pela sua terrível fealdade. Da sua caridade universal só excluía os astrônomos, aos quais atribuía os mais sinistros desígnios em relação à sua pessoa. Dizia que queriam envenená-lo, e ele próprio preparava sua comida, tanto por cautela quanto por pobreza.

Assim, no apartamento vazio, como Ulisses no país dos cimerianos, monsieur Bergeret conjurava sombras. Ficou pensativo um momento, depois disse:

— Zoé, das duas, uma: ou no tempo da nossa infância existiam mais loucos que hoje em dia, ou então nosso pai buscava entre eles mais do que seria a justa quota. Acho que gostava deles. Fosse porque a piedade o movesse, fosse por achá-los

---

*Em português: um segredo, um filho, um dote. (*N. do T.*)

menos enfadonhos do que as pessoas de juízo, o fato é que contava com um vasto séquito de malucos.

A senhorita Bergeret sacudiu a cabeça.

— Nossos pais recebiam pessoas muito sensatas e homens de valor. A verdade, Lucien, é que as extravagâncias inocentes de alguns velhos te impressionaram, e por isso guardas deles as recordações mais vivas.

— Zoé, não há dúvida: nós fomos ambos educados entre gente que não tinha nada além de ideias primitivas e banais. A senhorita Lalouette, o abade Mathalène, o senhor Grille, não eram bons da cabeça, isto é certo. Lembras-te do senhor Grille? Grande, gordo, a cara redonda, com uma barba branca cortada rente a tesoura, vestia-se, no verão como no inverno, de pano de colchão, desde a morte dos seus dois filhos na Suíça, escalando uma geleira. Ao que dizia papai, era um helenista consumado. Um sutil apreciador da poesia lírica dos gregos. Com mão leve e segura, manuseava os textos surrados de Teócrito. Sua loucura feliz era não acreditar na morte dos dois filhos. A esperá-los com insana confiança, vivia, metido nos seus trajes carnavalescos, em generosa intimidade com Safo e com Alceu.

— Ele nos dava bombons — disse a senhorita Bergeret.

— Só dizia coisas sábias, belas e elegantes — continuou monsieur Bergeret. — E aquilo nos dava medo. A razão é o que há de mais assustador num louco.

— Domingo à noite — disse a senhorita Bergeret — a sala de visitas era nossa.

— É mesmo. Era aqui que, depois do jantar, fazíamos os nossos jogos de salão. Compunham-se ramalhetes, desenhavam-se retratos, mamãe sorteava as prendas. Ó candura, ó simplicidade passada, ó prazeres ingênuos! O encanto dos velhos costumes! E representavam-se charadas. Nós saqueávamos os teus armários, Zoé, para fazer as fantasias.

— Uma vez, despregaram as cortinas brancas da minha cama.

— Foi para fazer as túnicas dos druidas, Zoé, na cena do *gui*.* A palavra era *guimauve*.** Nós éramos excelentes nas charadas. E que bom espectador era papai! Ele não escutava, mas sorria. Acho que eu poderia ter representado muito bem. Mas os grandes não me deixavam. Queriam falar o tempo todo.

— Não te iludas, Lucien. Tu serias incapaz de desempenhar o teu papel numa charada. Não tens presença de espírito. Eu sou a primeira a reconhecer a tua inteligência e o teu talento. Mas tu não és um improvisador. E é melhor que fiques com teus livros e teus escritos.

— Eu me conheço, Zoé, e sei que não tenho o dom da eloquência. Mas quando Jules Guinaut e tio Maurice jogavam conosco, ninguém mais podia dizer uma palavra.

— Jules Guinaut tinha um verdadeiro talento histriônico — disse a senhorita Bergeret — e uma verve inesgotável.

— Estudava medicina — disse monsieur Bergeret. — Era um belo rapaz.

— Era o que diziam.

— Acho que ele bem que gostava de ti.

— Não creio.

— Dava-te muita atenção.

— Isso é outra coisa.

— E depois, de repente, desapareceu.

— É.

— Não sabes o que foi feito dele?

— Não... Vamos andando, Lucien.

— Vamos, Zoé. Aqui somos presa de fantasmas.

E os dois irmãos, sem voltar a cabeça, transpuseram a soleira do velho apartamento da sua infância. Desceram em silêncio os degraus de pedra. E quando se viram novamente na rue des

---

*Em português, visco. A colheita do visco era uma cerimônia simbólica dos druidas. (*N. do T.*)
**Em português, malvaísco. (*N. do T.*)

Grands-Augustins, em meio aos fiacres, às carroças, às donas de casa e aos artesãos, sentiram-se aturdidos pelo burburinho e pela agitação da vida, como ao sair de uma longa reclusão.

5

O senhor Panneton de La Barge tinha os olhos à flor da testa e a alma à flor da pele. E a pele, reluzente, deixava perceber uma alma oleosa. Toda a sua pessoa ostentava uma empáfia tão grande quanto a sua rotundidade, e uma petulância que aparentemente não temia a própria inconveniência. Monsieur Bergeret desconfiou que o homem lhe vinha pedir algum favor.

Tinham-se conhecido na província. O professor via amiúde em seus passeios, à margem do rio moroso, sobre uma colina florescente, os tetos de fina ardósia do castelo que o senhor de La Barge habitava com a família. Mais raro era que visse o senhor de La Barge, que frequentava a nobreza da região, sem ser ele próprio suficientemente nobre para permitir-se receber a ralé. Só conhecia monsieur Bergeret na província nos dias críticos em que um dos seus filhos tinha um exame a enfrentar. Desta vez, em Paris, ele queria ser amável, e fez um esforço para isso:

— Meu caro monsieur Bergeret, antes de mais nada devo felicitá-lo...

— Nada disso, por favor — respondeu monsieur Bergeret com um pequeno gesto de recusa, que o senhor de La Barge muito equivocadamente julgou inspirado pela modéstia.

— Permita-me, monsieur Bergeret, uma cadeira na Sorbonne é uma posição assaz invejável... e à altura dos seus méritos.

— Como vai o seu filho, Adhémar? — pergutou monsieur Bergeret, que se lembrava desse nome como o de um candidato ao bacharelado que interessara em sua incapacidade todos os poderes da sociedade civil, eclesiástica e militar.

— Adhémar! Vai bem. Muito bem. Um tanto entregue às patuscadas. Mas isso é compreensível. Ele não tem o que fazer. Num certo sentido, seria bom se ele encontrasse uma ocupação. Mas ele é jovem. Tem tempo. Ele puxou a mim: há de tornar-se sério quando encontrar seu caminho.

— Não é verdade que ele andou participando das manifestações em Auteuil? — perguntou monsieur Bergeret com suavidade.

— Em favor do Exército, em favor do Exército — respondeu o senhor Panneton de La Barge. — E eu lhe confesso que não tive coragem de censurá-lo. O que quer? Eu estou ligado ao Exército pelo meu sogro, o general, por meus cunhados, por meu primo, o comandante...

Ele era bem modesto em não se referir a Panneton pai, o mais velho dos irmãos Panneton, também ligado ao Exército, como fornecedor, e que, por ter vendido às unidades móveis do Exército do Leste, que marchavam na neve, calçados com solas de papelão, fora condenado em 1872, na polícia correcional, a uma pena leve com considerandos esmagadores, e morrera dez anos depois, em seu castelo de La Barge, rico e respeitado.

— Eu fui criado no culto das armas — prosseguiu o senhor Panneton de La Barge. — Desde criança, tive a religião da farda. Era uma tradição de família. Não tenho por que escondê-lo, eu sou um homem do Ancien Régime. É mais forte do que eu, está no sangue. Sou monarquista e autoritário por temperamento. Sou realista. Ora, o Exército é tudo o que nos resta da monarquia. É tudo o que resta de um passado glorioso. É nosso consolo no presente e nossa esperança de futuro.

Monsieur Bergeret poderia ter feito certas observações de ordem histórica; mas não as fez, e o senhor Panneton de La Barge concluiu:

— Eis por que eu considero criminosos os que atacam o Exército, e insensatos os que ousariam tocar-lhe.

— Napoleão – respondeu o professor –, para enaltecer uma peça de Luce de Lancival, dizia que era uma tragédia de quartel-general. Eu posso permitir-me dizer que o senhor tem uma filosofia de estado-maior. Mas, já que vivemos sob o regime da liberdade, seria talvez de bom alvitre adotar-lhe os costumes. Quando se vive com homens que têm o uso da palavra, é preciso habituar-se a ouvir de tudo. Não espere que na França, doravante, qualquer assunto possa ser vetado à discussão. Considere também que o Exército não é imutável; nada no mundo é imutável. As instituições só subsistem porque se modificam incessantemente. O Exército sofreu tantas transformações no curso de sua existência que é provável que ainda mude muito no futuro, e é bem possível que daqui a vinte anos seja algo completamente diferente do que é hoje.

— Prefiro dizer-lhe logo – replicou o senhor Panneton de La Barge. – Quando se trata do Exército, não me interessa ouvir coisa alguma. Repito, não se deve tocar nele. O Exército é o machado. Não toquem no machado. Na última sessão do Conselho Geral, que eu tenho a honra de presidir, a minoria radical-socialista emitiu um voto em favor do serviço de dois anos. Eu me levantei contra esse voto antipatriótico. Não me foi difícil demonstrar que o serviço de dois anos seria o fim do Exército. Não se faz um infante em dois anos. Muito menos um cavalariano. A esses que pleiteiam o serviço de dois anos o senhor chamará, talvez, reformadores; eu lhes chamo demolidores. E o mesmo vale para todas as reformas que se propõem. São máquinas montadas contra o Exército. Se os socialistas confessassem que o que querem é substituí-lo por uma vasta guarda nacional, estariam sendo mais sinceros.

— Os socialistas – replicou monsieur Bergeret –, sendo contrários a todo intento de conquistas territoriais, propõem organizar milícias tendo em vista tão somente a defesa do território. Eles não o escondem: proclamam-no abertamente. E talvez valha a pena examinar essas ideias. Não tema que elas se realizem de pronto. Todos os progressos são incertos e lentos, e não raro acompanhados de movimentos retrógrados. A marcha em direção a uma melhor ordem das coisas é hesitante e confusa. Forças numerosas e profundas ligam o homem ao passado e fazem-no apegar-se aos erros, às superstições, aos preconceitos e às barbaridades, como valiosos penhores de segurança. Qualquer novidade salutar os assusta. Ele é um imitador por prudência, e não ousa abandonar o abrigo vacilante que protegeu seus pais e que há de desabar sobre ele. Não pensa assim, senhor Panneton? – acrescentou monsieur Bergeret com um sorriso aliciante.

O senhor Panneton retrucou que defendia o Exército. Que o via injustiçado, perseguido, ameaçado. E prosseguiu numa voz que crescia:

– Essa campanha em favor do traidor, essa campanha tão veemente e obstinada, sejam quais forem as intenções dos que a conduzem, tem um efeito certo, visível, inegável. O Exército se enfraquece, seus chefes são atingidos.

– Vou dizer-lhe algumas coisas extremamente simples – respondeu monsieur Bergeret. – Se o Exército é atingido nas pessoas de alguns dos seus líderes, a culpa não é daqueles que reclamaram justiça; a culpa é dos que por tanto tempo a recusaram; a culpa não é dos que exigiram a verdade, mas dos que obstinadamente a sonegaram, com imbecilidade desmedida e uma depravação atroz. Em suma, se houve crime, o mal não é que tenham sido conhecidos, mas que tenham sido cometidos. Eles se ocultavam na sua própria enormidade e na sua própria anomalia. Não eram formas identificáveis. Passaram por sobre as multidões como nuvens obscuras. Queria o senhor que elas não mais se desfizessem? Que o sol não mais houvesse de brilhar sobre o clássico berço da justiça, no país que deu lições de direito à Europa e ao mundo inteiro?

– Não falemos do *Affaire* – respondeu o senhor de La Barge. – Eu não o conheço. Nem quero conhecê-lo. Não li uma única linha do processo. O comandante La Barge, meu primo, afirmou-me que Dreyfus era culpado. A mim isso bastou...

O motivo de minha vinda, monsieur Bergeret, é pedir-lhe um conselho. Trata-se do meu filho, Adhémar, cuja situação me preocupa. Um ano de serviço militar já é tempo bastante para um filho de família. Três anos seria um verdadeiro desastre. É essencial encontrar um meio de obter uma dispensa. Eu tinha pensado numa licenciatura em Letras... Mas receio que não seria fácil. Adhémar é inteligente. Mas não tem o gosto pela literatura.

– Ora – disse monsieur Bergeret –, por que não tenta a Academia Superior de Comércio, ou o Instituto Comercial, ou a Escola de Comércio? Eu não sei se a Escola de Relojoaria de Cluses ainda fornece um motivo de isenção. Não é difícil, pelo que sei, obter o diploma.

– Mas Adhémar não vai fazer relógios – disse o senhor de La Barge, um pouco envergonhado.

– Experimente a Escola de Línguas Orientais – cogitou monsieur Bergeret, prestativo. – Era excelente, no começo.

– Decaiu bastante depois – suspirou o senhor de La Barge.

– Ainda tem alguma coisa aproveitável. O tâmil, por exemplo.

– O tâmil. Acha que seria bom?

– Ou o malgaxe.

– O malgaxe, talvez.

– Há também um certo idioma polinésio que não era mais falado, no princípio do século, senão por uma velha nativa. Essa mulher morreu, deixando um papagaio. Um sábio alemão recolheu da boca do papagaio algumas palavras do tal idioma, e compôs um dicionário. Talvez ele seja ensinado na Escola de Línguas Orientais. Acho que seria uma excelente ideia o senhor seu filho informar-se a respeito.

A esta sugestão o senhor Panneton de La Barge cumprimentou e retirou-se pensativo.

6

As coisas se passaram como era de esperar. Monsieur Bergeret procurou um apartamento; foi a irmã quem o encontrou. Assim o espírito positivo prevaleceu sobre o espírito especulativo. Deve-se reconhecer que a senhorita Bergeret escolhera bem. Não lhe faltava experiência da vida nem o senso do factível. Como preceptora, ela havia morado na Rússia e viajado pela Europa. Observara os costumes diversos dos povos. Conhecia o mundo: e isso ajudou-a a conhecer Paris.

— É aqui — disse ela ao irmão, parando defronte a um prédio novo, que dava para os Jardins de Luxemburgo.

— A escada é decente — disse monsieur Bergeret —, mas um pouco íngreme.

— Cala-te, Lucien. Ainda és jovem bastante para subires sem cansar-te cinco pequenos lances.

— Achas mesmo? — perguntou Lucien lisonjeado.

Ela ainda se deu ao cuidado de informá-lo de que o tapete ia até em cima.

Ele a repreendeu sorrindo por ser sensível às pequenas vaidades.

— Mas é bem provável — acrescentou — que eu mesmo me sentisse um tanto melindrado se o tapete acabasse no andar inferior ao meu. A gente faz profissão de sabedoria, mas não se livra de certas circunstâncias. Isso me lembra algo que vi ontem, depois do almoço, ao passar por uma igreja. Os degraus do adro estavam cobertos por um tapete vermelho sobre o qual se derramava, ao fim da cerimônia, o cortejo de um casamento elegante. Um casalzinho de noivos pobres e seus modestos convidados esperavam, para entrar na igreja, que o séquito faustoso acabasse de sair. Riam-se à ideia de galgar a escadaria sobre aquela púrpura inesperada, e a noivinha já pusera os seus sapatos brancos sobre a borda do tapete. Mas o guarda suíço fez-lhe sinal que recuasse. Os encarregados das pompas nupciais enrolaram devagar a passadeira de honra, e só quando haviam feito dela um enorme rolo foi permitido à boda humilde subir pelos degraus nus. Observei aquela gente simples, que parecia muito divertida com o incidente. Os pequenos aceitam com incrível complacência a desigualdade social, e Lamennais tem toda razão ao afirmar que a sociedade é fundada unicamente na resignação dos pobres.

— Aqui estamos — disse a senhorita Bergeret.

— Estou sem fôlego — disse monsieur Bergeret.

— Porque não paraste de falar — disse a senhorita Bergeret. — Não se deve contar histórias subindo escadas.

— Enfim — disse monsieur Bergeret —, é a sorte comum dos sábios viver sob os telhados. A ciência e a meditação estão em grande parte encerradas em mansardas. E, pensando bem, não há galeria de mármore que valha uma água-furtada adornada de belos pensamentos.

— Esta peça — disse a senhorita Bergeret — não é uma água-furtada; é iluminada por uma linda janela, e tu farás aqui o teu gabinete de trabalho.

Ouvindo estas palavras, monsieur Bergeret olhou aquelas quatro paredes estupefato, como um homem à beira de um abismo.

— O que há contigo? — perguntou a irmã, inquieta.

Ele não respondeu. O pequeno aposento quadrado, revestido de papel claro, parecia-lhe empanado pelas sombras do futuro incerto. Entrou num passo apreensivo e lento, como se tateasse num destino obscuro. E, medindo no assoalho o lugar da sua mesa de trabalho, disse:

— Eu ficarei aqui. Não é bom considerar com excessivo sentimento as ideias de passado e de futuro. São ideias abstratas, que o homem não possuía a princípio e que adquiriu com esforço, para sua infelicidade. A ideia do passado já é em si bastante dolorosa. Ninguém, creio eu, havia de querer recomeçar a vida repassando exatamente por todos os caminhos percorridos.

Há horas agradáveis e momentos precisos, não nego. Mas são pérolas e pedrarias escassamente esparsas pela trama fosca e áspera dos dias. O curso dos anos, em sua brevidade, é de uma fastidiosa lentidão, e se por vezes é doce recordar, é que nós podemos deter a nossa mente num reduzido número de instantes. De resto, é uma triste e pálida doçura. Quanto ao futuro, é impossível arrostá-lo, tantas são as ameaças na sua face tenebrosa. Quando ainda há pouco me disseste, Zoé, "este será o teu gabinete de trabalho", eu me vi no futuro, e foi uma visão insuportável. Acho que tenho alguma coragem para enfrentar a vida; mas eu refleti, e a reflexão prejudica muito a intrepidez.

– O mais difícil – disse Zoé – foi encontrar três quartos de dormir.

– É certo – disse monsieur Bergeret – que a humanidade em sua infância não concebia como nós o passado e o futuro. Ora, essas noções que nos devoram não têm realidade fora de nós. Nós nada sabemos da vida; seu desdobramento no tempo não passa de uma ilusão. E é por uma enfermidade dos nossos sentidos que nós não vemos o amanhã realizado como o ontem. É perfeitamente possível conceber seres constituídos de modo a perceberem simultaneamente fenômenos que a nós se apresentam separados entre si por um intervalo de tempo apreciável. Nós mesmos não percebemos na ordem do tempo a luz e o som. Nós mesmos abarcamos num único olhar, levantando os olhos para o céu, aspectos que não são contemporâneos. O brilho das estrelas, que em nossos olhos se confundem, misturam entre si, em menos de um segundo, séculos e milênios. Com aparelhos diferentes daqueles de que dispomos, poderíamos ver-nos mortos em meio à nossa vida. Pois, dado que o tempo não tem existência real, e que a sucessão dos fatos não passa de uma aparência, todos os fatos se realizam simultaneamente, e o nosso futuro não é um porvir. Ele já é. Nós simplesmente o descobrimos. Podes compreender agora, Zoé, por que eu parei estupefato à porta do quarto em que eu serei?

O tempo não passa de uma ideia. E o espaço não tem mais realidade do que o tempo.

– É possível – disse Zoé. – Mas custa bem caro em Paris. Deves tê-lo notado quando andaste procurando apartamentos. Acho que não estás muito curioso de ver o meu quarto. Vem: interessa-te mais o de Pauline.

– Vejamos ambos – disse monsieur Bergeret, pondo docilmente em movimento a sua máquina animal por entre os pequenos quadrados forrados de papel florido.

Entretanto, prosseguia no curso de suas reflexões:

– Os selvagens não fazem distinção entre o presente, o passado e o futuro. As línguas, que são certamente os mais antigos monumentos da humanidade, permitem-nos alcançar as épocas em que as raças das quais provimos não tinham ainda operado esse trabalho metafísico. O senhor Michel Bréal, num belo estudo recentemente publicado, mostra que o verbo, tão rico hoje de recursos para marcar a anterioridade de uma ação, não tinha em sua origem qualquer dispositivo para exprimir o passado, e que para preencher essa função empregavam-se formas que implicavam uma afirmação duplicada do presente.

Assim falando, ele voltou a entrar na sala destinada ao seu gabinete de trabalho, e que lhe parecera a princípio repleta, em seu vazio, das sombras do futuro indizível. A senhorita Bergeret abriu a janela.

– Olha, Lucien.

Monsieur Bergeret viu as copas desfolhados das árvores, e sorriu.

– Esses ramos negros – disse ele – ganharão, ao sol tímido de abril, os matizes violeta dos brotos; depois rebentarão em delicada verdura. E será lindo. Zoé, tu és uma pessoa cheia de bondade e de sabedoria, uma administradora competente e uma irmã muito querida. Deixa-me que te abrace.

E, estreitando a irmã:

– Como tu és boa, Zoé.

A senhorita Zoé respondeu:

— Nosso pai e nossa mãe eram bons.

Monsieur Bergeret quis abraçá-la uma segunda vez. Mas ela disse:

— Vais-me despentear, Lucien, eu tenho horror a isso.

Olhando pela janela, monsieur Bergeret estendeu o braço.

— Olha, Zoé: à direita, onde estão aqueles horríveis edifícios, era a Pépinière. Ali, disseram-me os mais velhos, as alamedas circulavam em labirinto entre os arbustos, e entre grades pintadas de verde. Nosso pai fazia ali os seus passeios, na sua mocidade. Lia a filosofia de Kant e os romances de George Sand sentado num banco, atrás da estátua de Véleda. A sonhadora Véleda, os braços juntos sobre a sua foice mística, cruzava as pernas, admiradas por uma juventude generosa. Aos seus pés, os estudantes falavam de amor, de justiça e liberdade. Naquele tempo eles não se filiavam ao partido da mentira, do arbítrio e da tirania. O Império destruiu a Pépinière. Foi uma ação má. As coisas têm uma alma. Com aquele jardim pereceram os nobres pensamentos dos jovens. Que belos sonhos, que vastas esperanças nasceram ao pé da romântica Véleda de Maindron! Nossos estudantes dispõem hoje de palácios, com o busto do presidente da República no salão nobre. Quem lhes devolverá as aleias sinuosas da Pépinière, onde eles se ocupavam dos meios de instituir a paz, a liberdade e a felicidade do mundo? Quem lhes devolverá os jardins onde eles repetiam, no ar festivo, ao canto dos pássaros, as palavras sublimes dos seus mestres Quinet e Michelet?

— Certo — disse a senhorita Bergeret. — Eles eram cheios de ardor, aqueles estudantes de antigamente. Mas, no fim, tornaram-se médicos e notários em suas províncias. Há que se resignar à mediocridade da vida. Tu bem sabes que viver é uma coisa difícil, e que não se deve exigir muito dos homens... Afinal, estás feliz com o teu apartamento?

— Sim... E estou certo de que Pauline ficará contente. Ela tem um lindo quarto.

— Sem dúvida. Mas as mocinhas nunca ficam contentes.
— Pauline não é infeliz conosco.
— Não, é claro. Ela é muito feliz. Mas não sabe disso.
— Eu vou à rue Saint-Jacques – disse monsieur Bergeret –, encomendar a Roupart as estantes do meu gabinete.

7

Monsieur Bergeret gostava dos que possuíam um ofício, e os tinha em alta conta. Não tinha muitas ocasiões de convocar obreiros; mas quando empregava algum esforçava-se por estabelecer conversação, certo de ganhar alguns conhecimentos úteis.

Assim acolheu afavelmente o marceneiro Roupart, que veio, uma manhã, instalar as bibliotecas no gabinete de trabalho.

Àquela hora, deitado como de hábito na cadeira do seu dono, Riquet dormia em paz. Mas a lembrança imemorial dos perigos que rondavam seus ancestrais selvagens nas florestas torna leve o sono dos cães domésticos. É de notar-se, outrossim, que essa aptidão hereditária ao despertar imediato era em Riquet acentuada pelo sentimento do dever. Riquet considerava a si próprio um cão de guarda. Firmemente convencido de que era sua função guardar a casa, ele tirava disso um orgulho imenso.

A dificuldade era que ele imaginava as casas como elas são nas aldeias e nas fábulas de La Fontaine, entre um quintal e um jardim, e de forma a poder-se contorná-las, farejando o solo perfumado pelos odores dos bichos e do estrume. Não lhe entrava na cabeça o plano do apartamento ocupado pelo amo no quinto andar de um vasto imóvel. Não conhecendo assim os limites do seu domínio, não sabia exatamente o que devia guardar. Mas era um guardião feroz. Julgando que a invasão daquele desconhecido de calça azul remendada, que cheirava a suor e arrastava tábuas pelo chão, punha em risco o domicílio, ele saltou da sua cadeira e começou a ladrar para o homem, recuando diante dele com heroica lentidão. Monsieur Bergeret ordenou-lhe que se calasse, e ele obedeceu a contragosto, surpreso e triste de ver o seu devotamento inútil e as suas advertências desdenhadas. Seu olhar profundo, voltado para o amo, parecia dizer-lhe:

— Tu abres a porta a esse anarquista que arrasta atrás de si os seus engenhos. Pelo sim, pelo não, eu cumpro o meu dever.

Ele retomou seu ninho costumeiro e voltou a dormir. Monsieur Bergeret, deixando de lado os escoliastas de Virgílio, pôs-se a conversar com o marceneiro. Primeiro fez-lhe perguntas sobre a compra, o corte e o acabamento da madeira, e sobre a montagem das tábuas. Gostava de instruir-se, e apreciava a graça da linguagem popular.

Roupart, voltado para a parede, dava-lhe respostas interrompidas por longas pausas, durante as quais tirava medidas. Dessa forma, discorreu sobre lambris e ensamblagens.

— A sambladura de mecha e entalhe – disse ele – dispensa a cola, se o trabalho for bem feito.

— Não há também – perguntou monsieur Bergeret – a sambladura em rabo-de-andorinha?

— Essa é grosseira e não se usa mais – respondeu o marceneiro.

Assim o professor aumentava seus conhecimentos, escutando o artesão. Tendo adiantado bastante o serviço, o marceneiro voltou-se para monsieur Bergeret. A face encovada, os traços graúdos, a tez morena, os cabelos colados à testa e a barba de bode polvilhada de serragem davam-lhe o aspecto de uma figura de bronze. Ele sorriu um sorriso penoso e manso, mostrando os dentes brancos, e pareceu mais jovem.

— Eu o conheço, monsieur Bergeret.

— Verdade?

— Sim, sim, eu o conheço... Monsieur Bergeret, o senhor, afinal de contas, fez algo que não é comum... Não se zanga de que eu fale nisso?

— Em absoluto.

— Pois então! O senhor fez uma coisa fora do comum. O senhor abriu mão da sua casta e não quis saber de se alinhar com os defensores do sabre e do hissope.

— Eu detesto os falsários, meu amigo — respondeu monsieur Bergeret. — A tanto deve permitir-se um filólogo. Eu não escondi o meu modo de pensar. Mas também não o divulguei muito. Como sabe disso?

— Eu lhe digo: vê-se muita gente, na rue Saint-Jacques, na oficina. Gente de todo tipo, uns gordos, outros magros. Aplainando as minhas tábuas, eu ouvi fulano que dizia: "Aquele canalha do Bergeret!" E sicrano que lhe perguntava: "Por que não lhe tiramos o couro?" Então compreendi que o senhor estava do lado dos bons no *Affaire*. Não há muitos como o senhor num quinto andar.

— E o que dizem os seus amigos?

— Os socialistas não são muitos por aqui, e não se entendem. Sábado passado, na Fraternal, éramos meia dúzia de gatos pingados, e nos pegamos pelos cabelos. O camarada Fléchier, um velho, um combatente de 70, um veterano da Comuna, um deportado, um homem, subiu à tribuna e falou: "Cidadãos, acalmem-se. Os burgueses intelectuais não são menos burgueses que os burgueses fardados. Deixem que os capitalistas se comam uns aos outros. Cruzem os braços e deixem vir os antissemitas. Por ora, eles se exercitam com um sabre de junco e um fuzil de pau. Mas quando chegar a vez de expropriar os capitalistas, não vejo inconveniente em começar pelos judeus." Ao que os camaradas bateram muitas palmas. Ora, eu lhe pergunto, é assim que devia falar um veterano da Comuna, um bom revolucionário? Eu não tenho instrução como o cidadão Fléchier, que estudou os livros de Marx. Mas percebi muito bem que ele não raciocinava direito. Porque a mim me parece que o socialismo, que é a verdade, é também a justiça e a bondade, que tudo o que é justo e bom brota dele naturalmente, como a maçã da macieira. A mim me parece que combater uma injustiça é trabalhar por nós, os proletários, sobre quem pesam todas as injustiças. No meu entender, tudo que é justo é um começo do socialismo. Penso, como Jaurès, que marchar com os defensores da violência e da mentira é virar as costas à revolução socialista. Eu não conheço judeus nem cristãos. Só conheço homens, e não faço entre eles distinção senão entre os justos e os injustos. Sejam judeus ou cristãos, é difícil aos ricos serem justos. Mas quando as leis forem justas, os homens serão justos. Desde agora, os coletivistas e os libertários preparam o futuro, combatendo todas as tiranias e inspirando aos povos o ódio à guerra e o amor ao gênero humano. Desde agora, nós já podemos fazer algum bem. É o que nos impedirá de morrer desesperados, com raiva no coração. Pois é certo que nós não havemos de ver o triunfo das nossas ideias: quando o coletivismo for estabelecido no mundo, de muito eu terei deixado o meu sótão com os pés para a frente... Mas aqui estou eu a tagarelar, e o tempo corre.

Consultou o relógio, e vendo que eram onze horas, vestiu a jaqueta, juntou as ferramentas, enfiou o gorro até a nuca e disse sem voltar-se:

– O certo é que a burguesia está podre! Não foi outra coisa que se viu no caso Dreyfus!

E saiu para o seu almoço.

Então, fosse por que em seu sono leve um sonho lhe tivesse sobressaltado a alma impenetrável, fosse por que, percebendo, ao despertar, a retirada do inimigo, dela se prevalecesse, fosse ainda por que o nome que acabara de escutar o tivesse enfurecido, como fingiu acreditar o professor, Riquet lançou-se de goela escancarada, o pelo todo eriçado, os olhos incendiados, aos calcanhares de Roupart, perseguindo-o com frenéticos latidos.

Tendo ficado a sós com ele, monsieur Bergeret dirigiu-lhe, num tom cheio de suavidade, estas palavras melancólicas:

– Também tu, pobre criaturinha escura, tão débil a despeito dos teus dentes pontiagudos e da tua face profunda, que pelo seu aparato de força, tornam a tua fraqueza ridícula, e grotesca a tua ousadia, também tu tens o culto das grandezas da carne e a religião da antiga iniquidade. Também tu adoras a injustiça por respeito à ordem social que te assegura o teu nicho e as tuas papas. Também tu aceitarias como justo um julgamento irregular, fundado na fraude e na mentira. Também tu és joguete de aparências. Também tu te deixas iludir por falsidades. Alimentas-te de fábulas grosseiras. Tua alma tenebrosa sustenta-se de trevas. Enganam-te, e tu prazerosamente deixas-te enganar. Também tu tens ódios de raça, preconceitos cruéis, desprezo pelos desgraçados.

E como Riquet voltasse para ele um olhar de infinita inocência, monsieur Bergeret prosseguiu com doçura ainda maior:

— Eu sei, tu tens uma bondade obscura, a bondade de Caliban. És devoto, tens a tua teologia e a tua moral, queres fazer o bem. Só que não sabes como. Tu guardas a casa, mesmo contra aqueles que a defendem e a enfeitam. Esse artesão que querias expulsar tem, em sua simplicidade, admiráveis pensamentos. Não lhe prestaste atenção. Tuas orelhas peludas não escutam quem fala melhor, mas quem grita mais alto. E o medo, o medo natural, que foi o conselheiro dos teus antepassados tal como dos meus, na idade das cavernas, o medo que gerou os deuses e as maldades, faz-te indiferente aos infelizes e sufoca em ti a piedade. E tu recusas ser justo. Vês como imagem estranha a face clara da Justiça, divindade nova, e rastejas ante os velhos deuses, escuros como tu, da violência e do terror. Admiras a força bruta porque crês que é ela a força soberana, e não sabes que ela devora a si mesma. Não sabes que todos os ferros se abatem ante uma ideia justa. Não sabes que a verdadeira força reside na sabedoria, e que só ela torna grandes as nações. Não sabes que o que faz a glória dos povos não são os estúpidos clamores lançados nas praças públicas, mas o pensamento augusto, oculto em alguma mansarda, que um dia, ao expandir-se pelo mundo, lhe mudará a face. Não sabes que os que honram a pátria são os que, pela causa da justiça, sofreram a prisão, o degredo e o vilipêndio. Não, não sabes.

8

Monsieur Bergeret, em seu gabinete de trabalho, conversava com o senhor Goubin, seu aluno.

– Descobri hoje – disse ele –, na biblioteca de um amigo, um livrinho raro e talvez único. Seja por ignorá-lo, seja por desdenhá-lo, Brunet não o cita em seu *Manual*. É um pequeno *in-duodecimo* intitulado *Les Charactères et Pourtraictures Tracés d'après les Modelles Anticques*. Foi impresso na ilustre rue Saint-Jacques, em 1538.

– E quem é o autor? – perguntou o senhor Goubin.

– Um certo senhor Nicole Langelier, de Paris – respondeu monsieur Bergeret. – Ele não escreve tão agradavelmente como Amyot. Mas é claro e cheio de bom-senso. Tive grande prazer em ler o seu livro, e copiei um capítulo assaz curioso. Quer ouvi-lo?

– Com muito gosto – respondeu o senhor Goubin.

Monsieur Bergeret apanhou um papel da mesa e leu o título:

Dos Trublions* que surgiram na República.

O senhor Goubin perguntou quem eram os Trublions. Monsieur Bergeret respondeu-lhe que ele provavelmente ficaria sabendo em seguida, e que era recomendável ler um texto antes de comentá-lo. E leu o seguinte:

Trublion: sedicioso, agitador. (*N. do T.*)

Naquela época apareceu na cidade uma gente que se manifestava em altos brados, e foi chamada os Trublions, porque servia a um chefe chamado Trublion, o qual era de nobre linhagem, mas de curto saber e de uma grande parvoíce. E tinham os Trublions um outro chefe, por nome Tintinnabule, e este fazia belos discursos e compunha versos miríficos. E fora lastimosamente expulso da república pela lei e usança do ostracismo. Em verdade o dito Tintinnabule era contrário a Trublion. Se este tendia a jusante, aquele tendia a montante. Mas os Trublions não se curavam, sendo gente tão desajuizada que não sabia a quantas andava.

Vivia então na montanha um aldeão por nome Robin Mielleux, já de todo encanecido, semelhante a uma fuinha ou texugo, de grande astúcia e cautela, mui ladino na arte de fingir, que pensou governar a cidade por via dos Trublions, e os bajulou. Para atraí-los a si, sussurrava-lhes em voz doce como flauta, conforme o passarinheiro que anda a piar para os passarinhos. Ficava o bom Tintinnabule estupefato e entristecido com tais gorjeios, e sentia grande temor de que Robin Mielleux lhe arrebatasse seus pupilos.

Abaixo de Trublion, Tintinnabule e Robin Mielleux tinham comando na malta trublionesca:
três masmarros muito desabusados,
vinte e um marranos,
um punhado de bons monges mendicantes,
oito fazedores de almanaques,
quatro demagogos misóxenos, xenófobos, xenóctones e xenófagos; e seis alqueires de gentis-homens devotos da bela dama de Bourdes, em Navarra.

Assim, pois, tinham os Trublions chefes diversos e adversos. E era uma súcia bem molesta, e tal como as Hárpias, segundo narra Virgílio, empoleiradas nas árvores, gritavam horrivelmente e conspurcavam tudo que jazia abaixo delas, assim também aqueles daninhos Trublions se encarapitavam nas cornijas e nos pináculos dos paços e das igrejas para dali espicaçar, atazanar, emporcalhar e enxovalhar os pacíficos burgueses.

E haviam diligentemente escolhido um velho coronel, por nome Gelgopole, o mais inepto em guerras que puderam encontrar, o mais adverso à justiça e o menos respeitador das leis augustas, para dele fazerem seu ídolo e modelo, e andavam a bradar pela cidade: "Longa vida ao velho coronel!" E os pequenos da escola chilreavam semelhantemente atrás deles: "Longa vida ao velho coronel!" Congregavam-se os ditos Trublions em múltiplos conciliábulos e conventículos, nos quais vociferavam vivas ao velho coronel, com tanto vigor de gorja que os ares atroavam e as aves que voavam por sobre as suas cabeças tombavam estuporadas ou mortas. Em verdade, era um costume assaz aborrecível e um medonho frenesi.

Cuidavam os ditos Trublions que, para bem servirem à cidade e merecerem a coroa cívica, a qual é feita de folhas de carvalho atadas por um fitilho de lã, sem mais nada, e honorável entre todas as coroas, era mister lançar clamores furiosos e discursos mui insanos, e que aqueles que impelem a charrua, e os que segam e que colhem, que apascentam os rebanhos e que enxertam as suas pereiras na doce terra dos vinhedos, dos trigais, dos verdes pastos e dos jardins frutescentes, não servem à cidade, nem o fazem os seus confrades que talham a pedra e edificam nas cidades e nas vilas casas cobertas de telhas vermelhas e de fina ardósia, nem os tecelões, nem os vidraceiros, nem os cavouqueiros que revolvem as entranhas de Cibele, e que tampouco a servem os doutos que em seus estúdios laboram nobres sentenças e amplas bibliotecas, desvendando os belos segredos da natureza, nem as mães que amamentam suas crias, nem a velha que fia em sua roca ao pé do fogo e conta histórias aos pequenos; mas que servem à cidade os Trublions a zurrar como jumentos numa feira. E seja dito, para sermos justos, que assim fazendo pensavam bem fazer. Pois não tinham por si mais que as brumas da sua curta inteligência e o vento da sua boca, e por isso se esgoelavam pelo bem público e benefício comum.

E não bradavam somente "Longa vida ao velho coronel!" senão que apregoavam sem trégua que amavam a cidade. No que faziam grave ofensa aos outros cidadãos, dando a entender que estes, que não vociferavam, não amavam a sua cidade materna e doce lugar de nascença. O que é impostura manifesta e insuportável injúria, pois que os homens sugam com o primeiro leite esse espontâneo amor, e é doce respirar o ar natural. Ora, havia nesse tempo na vida e no campo varões prudentes e sábios que amavam a sua cidade e república com amor mais profundo e mais puro do que aquele com que a amavam os Trublions. Porquanto almejavam os ditos varões que a sua cidade se tornasse cordata como eles, florida de graças e virtudes, portando gentilmente em sua mão direita a vara dourada que empunha a mão da justiça, e que fosse risonha, pacífica e livre, e não como, ao contrário, a desejavam os Trublions, brandindo um grosso bastão para moer os bons cidadãos e um rosário abençoado para engrolar aves, e sórdida e corrompida e miseravelmente submissa ao velho coronel Gelgopole e ao tal Tintinnabule. Pois, em verdade, queriam sujeitá-la aos fradépios, hipócritas, beatos, descarados, impostores, piolhentos, ensamarrados, emburelados, encapuzados, cogulados, cercilhados e descalços, comedores de crucifixo, mastigadores de réquiem, mendicantes, empulhadores e tranquiberneiros que então pululavam e já se haviam furtivamente apossado, em casas e matas e campos e pastagens, da terça parte da terra dos franceses. E se empenhavam (os tais Trublions) em tornar a cidade rude e inelegante. Porquanto se haviam tomado de repulsa e aversão pela meditação e pela filosofia, e por todo argumento deduzido por reto senso e razão sutil, e por todo fino pensamento, e tudo o que reconheciam era a força; e assim mesmo só lhes prestava valia em sendo ela mui brutal. Era destarte que amavam a sua cidade e lugar de nascença os ditos Trublions...

Monsieur Bergeret fazia questão, ao ler o texto arcaico, de destacar todos os sons, respeitando a fonética, à moda da Renascença. Ele sentia profundamente a beleza da língua pátria. Desdenhava a ortografia como coisa menor, mas respeitava, ao contrário, a antiga prosódia tão graciosa e fluente, infelizmente tão vulgarizada em nossos dias. Monsieur Bergeret lia o texto obedecendo à pronúncia tradicional. Sua dicção emprestava frescor e novidade aos velhos termos. Deste modo, o sentido emergia claro e límpido para o senhor Goubin, que fez uma observação:

— O que me agrada neste excerto é a linguagem. Tão ingênua!
— Acha? – perguntou monsieur Bergeret.

E retomou a leitura:

E alardeavam os Trublions defender os coronéis e soldados da cidade e república, o que vinha a ser achincalhe e derrisão, porquanto coronéis e soldados, copiosamente armados de arcabuzes, de mosquetaria, artilharia e outros engenhos mui terríveis, têm por ofício defender os cidadãos e não ser defendidos por cidadãos desarmados, e porquanto era impossível figurar houvesse na cidade uma gente tão insana que atacasse os seus próprios defensores; sendo que os varões oponentes aos Trublions apenas demandavam que os coronéis honradamente se curvassem às leis venerandas e sagradas da cidade e república. Mas os ditos Trublions esbravejavam sempre e nada queriam ouvir, já que a natureza mofina os privara de entendimento.

Nutriam os Trublions grande ódio pelas nações estrangeiras. E à simples menção dessas nações ou povos os olhos lhes saltavam da testa, à feição dos caranguejos do mar, mui horrivelmente, e eles esbracejavam como asas de moinhos, e não havia entre eles escrevente de notário ou aprendiz de salsicheiro que não se afoitasse a enviar cartel a algum rei ou rainha ou imperador de qualquer grande país, e o mais reles chapeleiro ou taberneiro fazia gesto a três por dois de partir para a guerra. Mas acabava por ficar em casa.

E, sendo certo que em todos os tempos os loucos, mais numerosos que os sensatos, marcham ao som de vãs fanfarras, as gentes de pouco saber e entendimento (destes se encontram às pencas, tanto entre os pobres como entre os ricos) juntaram-se aos Trublions e com eles tropeliaram.

E foi uma horrífica balbúrdia na cidade, de tal modo que a sábia donzela Minerva, assentada em seu templo, para não ser ensurdecida por tais arrastadores de caçarolas e enfurecidos papagaios, arrolhou os ouvidos com a cera que lhe haviam trazido em oferenda as suas amadas abelhas de Rimeto, dando assim a entender aos seus fiéis, eruditos, filósofos e bons legisladores da cidade que era tempo perdido entrar em sábia disputa e douta refrega de espírito com aqueles Trublions esbravejantes e tintinabulantes. Alguns no Estado, e não poucos, aturdidos com tamanha zoada, cuidavam que aqueles energúmenos estivessem a ponto de subverter a República e virar a nobre e ilustre cidade de pernas para o ar, o que teria sido um nefando desenredo. Mas um belo dia os Trublions estouraram, porquanto estavam cheios de vento.

Monsieur Bergeret pousou a folha na mesa. Terminara sua leitura.

— Esses velhos livros – disse – distraem e divertem o espírito. Fazem-nos esquecer o tempo presente.

— É verdade – disse o senhor Goudin.

E sorriu, coisa que não tinha costume de fazer.

9

Durante as férias, o senhor Mazure, arquivista departamental, veio passar alguns dias em Paris para pleitear nos gabinetes do Ministério a cruz da Legião de Honra, fazer pesquisas históricas nos Arquivos Nacionais e ver o Moulin-Rouge. Antes de realizar essas tarefas ele foi, no dia seguinte à sua chegada, por volta das seis horas da tarde, fazer uma visita a monsieur Bergeret, que o recebeu amavelmente. E como o calor do dia castigava as pessoas encerradas na cidade, sob os telhados abrasados ou nas ruas saturadas de uma poeira acre, monsieur Bergeret teve uma ideia gentil. Levou o senhor Mazure ao Bois, a um restaurante com mesinhas espalhadas sob as árvores, à beira de um lago tranquilo.

Ali, à sombra fresca e plácida das frondes, saboreando uma boa refeição, falaram de assuntos familiares, tratando alternadamente de doutas lucubrações e de questões de amor. Depois, sem premeditação, por uma tendência fatal, comentaram o *Affaire*.

O senhor Mazure andava seriamente perturbado com respeito a esse caso. Jacobino por doutrina e por temperamento, patriota da escola de Barère e de Saint-Just, juntara-se à facção nacionalista do departamento e fizera grande estardalhaço ao lado dos monarquistas e dos clericais, que sempre olhara com horror. Fizera-o no superior interesse da pátria, pela unidade e indivisibilidade da República. Chegara a ingressar na liga presidida pelo senhor Panneton de La Barge, mas, tendo a liga votado um manifesto dirigido ao rei, passou a suspeitar que ela nada tivesse de republicana, e assim estava inquieto pelos seus princípios. Além do mais, tendo o hábito da leitura e não sendo incapaz de conduzir o espírito em indagações críticas de dificuldade mediana, experimentava um certo escrúpulo em apoiar os procedimentos de falsários que, para condenar um inocente, empregavam, na criação e adulteração das peças, uma audácia até então desconhecida. Sentia-se cercado de imposturas. Ainda assim, não dava o braço a torcer. A confissão do erro é atributo de espírito de uma casta especial. Em vez disso, o senhor Mazure continuava a defender suas convicções. É justo reconhecer que ele era mantido, encerrado, prensado e comprimido na ignorância pela massa compacta dos seus concidadãos. O exame do processo e a discussão dos documentos não haviam alcançado aquela cidade indolentemente espraiada nas verdes ribeiras de um rio preguiçoso. Para tapar a luz havia, nas funções públicas e nas magistraturas, todo um mundo de políticos e de clericais que até bem pouco tempo o senhor Méline abrigava sob as abas do seu casaco mal acabado, e que ali prosperavam na consentida ignorância da verdade. Essa elite, equiparando a injustiça aos interesses da pátria e da religião, a tornava respeitável a todos, até mesmo ao boticário radical-socialista, Mandar.

Tanto mais protegido era o departamento contra a divulgação dos fatos revelados por ter no governo um prefeito israelita. Precisamente por ser judeu, o senhor Worms-Clavelin julgava-se obrigado a servir os interesses dos antissemitas da sua jurisdição com maior zelo do que o faria em seu lugar um prefeito católico. Com mão pronta e firme, ele sufocou no departamento o nascente Partido Revisionista. Favoreceu as ligas dos piedosos mistificadores e os fez prosperar tão maravilhosamente que aos cidadãos Francis de Pressensé, Jean Psichari, Octave Mirbeau e Pierre Quillard, vindos à capital para falar a homens livres, pareceu que entravam numa cidade do século XVI. Só encontraram fanáticos papistas que uivavam gritos de morte e os queriam massacrar. E como o senhor Worms-Clavelin, convencido desde o julgamento de 1894 da inocência de Dreyfus, não fizesse segredo dessa convicção nos serões, fumando o seu charuto, os nacionalistas a cuja causa ele servia tinham por onde contar com a sua lealdade, já que ela independia de um sentimento pessoal.

Essa atitude firme do departamento do qual guardava os arquivos impressionava profundamente o senhor Mazure, que era um jacobino fervoroso e capaz de heroísmo, mas que, como o rebanho dos heróis, só marchava na cadência do tambor. O senhor Mazure não era um bruto. Acreditava dever aos outros e a si mesmo a explicação do seu modo de pensar. Após a sopa, enquanto esperavam pela truta, ele falou, apoiando os cotovelos na mesa:

— Meu caro Bergeret, eu sou republicano e patriota. Se Dreyfus é culpado ou inocente, eu não sei. Nem quero saber, não é assunto meu. Talvez seja inocente. Mas o que é certo é que os dreyfusistas são culpados. Opondo a sua opinião pessoal a uma decisão da Justiça republicana, eles cometem uma criminosa impertinência. O que é mais, eles agitam o país. O comércio sofre com isso.

– Olhe ali que mulher bonita – disse monsieur Bergeret. – Alta, esbelta e torneada como uma jovem árvore.

– Bah! – disse o senhor Mazure. – Parece uma boneca.

– O senhor fala sem pensar – disse monsieur Bergeret. – Uma boneca viva é uma grande força da natureza.

– A mim – disse o senhor Mazure – não me impressiona aquela ou qualquer outra mulher. Talvez por ser a minha própria muito benfeita.

Isto era o que ele afirmava e queria acreditar. Na verdade, desposara a ex-criada e concubina de dois arquivistas seus predecessores. Durante dez anos, ela fora mantida a distância pela sociedade burguesa. Mas, tendo o marido ingressado nas ligas nacionalistas do departamento, passara prontamente a ser recebida nas mais altas rodas da capital. A generala Cartier de Chalmot mostrava-se em sua companhia, e a coronela Despautères não mais a largava.

– O que eu condeno sobretudo nos defensores de Dreyfus – continuou o senhor Mazure – é o terem solapado e enfraquecido a segurança nacional, e comprometido nosso prestígio no exterior.

O sol lançava seus últimos raios de púrpura por entre os troncos negros das árvores. Monsieur Bergeret julgou honesto responder:

– Considere, meu caro Mazure, que se a causa de um obscuro capitão se transformou em assunto nacional, a culpa não foi nossa, mas dos ministros que fizeram da manutenção de uma sentença fraudulenta um sistema de governo. Se o ministro da Justiça tivesse feito o seu dever procedendo à revisão tão logo lhe foi demonstrado ser ela necessária, os particulares teriam guardado silêncio. Foi ante a lamentável omissão da Justiça que as suas vozes se elevaram. O que agitou o país, de modo a desservi-lo interna e externamente, foi que o poder se obstinou em uma iniquidade monstruosa que, dia a dia, ganhava maior corpo ante as mentiras com que a procuravam ocultar.

– O que fazer – replicou o senhor Mazure –, se sou republicano e patriota.

– Pois, sendo republicano – disse monsieur Bergeret –, o senhor deve sentir-se estranho e solitário entre os seus concidadãos. Não restam muitos republicanos na França. A República não os formou. É o governo absoluto que cria republicanos. Os ferros da realeza ou do cesarismo aguçam o amor à liberdade, mas este se embota num país livre, ou que se julga livre. É raro amar-se o que se tem. Ademais, a realidade não costuma inspirar muito amor. É preciso ter sabedoria para lhe dar valor. Pode-se dizer que hoje em dia os franceses de menos de 50 anos de idade não são republicanos.

– Não me diga que são monarquistas.

– Não, também não são monarquistas. Pois, se é incomum que os homens prezem o que têm, porque não é comum que o que eles têm mereça apreço, por outro lado eles temem a mudança, pelo que ela encerra de desconhecido. É o desconhecido que lhes causa mais pavor. É ele a fonte e origem de todos os temores. Isto se faz notar no sufrágio universal, que produziria efeitos incalculáveis, não fosse esse terror do incógnito que lhe anula a ação. Há nele uma força que poderia operar prodígios para o bem ou para o mal. Mas o medo do desconhecido que se esconde na mudança o detém, e o monstro estende o pescoço ao cabresto.

– Os cavalheiros vão preferir talvez um peixe ao molho marasquino? – disse o *maître-d'hôtel*.

Sua voz era suave e persuasiva, e os seus olhos vigilantes percorriam a extensão das mesas servidas. Mas monsieur Bergeret não lhe deu resposta. Vira aproximar-se pelo caminho de cascalho uma dama com um penteado à Luís XIV em palha de arroz, todo florido de rosas, trajando um vestido de musselina branca, de corpete um pouco frouxo, apertado na cintura por uma faixa rosa. A guarnição de fofos que lhe envolvia o pescoço punha-lhe como que uma gorjeira alada em torno da cabeça de querubim. Monsieur Bergeret reconheceu a senhora de Gromance, cuja visão encantadora mais de uma vez o havia perturbado na amarga monotonia das ruas de província. Viu que ela estava acompanhada de um jovem elegante e por demais correto para não parecer entediado.

O rapaz parou junto a uma mesa vizinha da que ocupavam o arquivista e o professor. Mas a senhora de Gromance, lançando um olhar em torno, deu com monsieur Bergeret. Sua fisionomia assumiu um ar de desagrado, e ela arrastou seu acompanhante até o extremo do gramado, para a sombra de uma árvore copada. À vista da senhora de Gromance, monsieur Bergeret reviveu aquela emoção doce e cruel que produz nas almas voluptuosas a beleza das formas vivas.

Perguntou ao *maître-d'hôtel* se conhecia aquele cavalheiro e aquela dama.

— Conheço-os sem conhecê-los — respondeu o *maître*. — Eles vêm aqui com frequência, mas eu não saberia dizer-lhes os nomes. Vê-se tanta gente! Sábado havia fregueses ao ar livre e sob as árvores até a sebe que fecha o gramado.

— Verdade? — perguntou monsieur Bergeret. — Havia fregueses debaixo de todas essas árvores?

— E também no terraço e no quiosque.

Ocupado em quebrar amêndoas, o senhor Mazure não vira o vestido de musselina branca. Perguntou de que mulher estavam falando. Mas monsieur Bergeret tomou o partido de guardar o segredo da senhora de Gromance, e não respondeu.

Entretanto a noite caíra. Sobre a terra sombreada e sob as folhagens escuras, aqui e ali, um clarão amortecido por uma renda de papel branco ou róseo marcava o lugar de uma mesa, e deixava perceber, numa auréola, vultos movediços. Sob um desses focos discretos, a pequena pluma branca de um chapéu de palha aproximava-se pouco a pouco do crânio reluzente de um homem maduro. Na claridade vizinha adivinhavam-se duas cabeças jovens, mais aéreas que as mariposas que esvoaçavam em torno. E não era em vão que a Lua mostrava no céu pálido sua forma branca e redonda.

— Os cavalheiros estão bem servidos? – perguntou o *maître*. E, sem esperar resposta, prosseguiu na sua ronda diligente. Monsieur Bergeret comentou com um sorriso:

— Veja essa gente que janta nas sombras propícias. Esses pequenos penachos brancos e, bem ao fundo, sob aquela grande árvore, aquelas rosas sobre um penteado de palha de arroz. Eles bebem, eles comem, eles amam. Mas para esse homem são simples fregueses. Têm instintos, desejos, talvez até mesmo ideias. Mas não passam de fregueses! Que força de expressão e de linguagem! Esse provedor de boca é um gênio.

— O jantar foi agradável – disse monsieur Mazure levantando-se da mesa. – Este restaurante é frequentado por gente muito distinta.

— Todas essas plumas – replicou monsieur Bergeret – não custaram talvez muito caro. No entanto, havia algumas bem garridas. Eu já não encontro tanto prazer, confesso, em ver essa gente elegante, depois que uma máquina pôs em movimento o fanatismo estúpido e a obtusa crueldade desses pequenos cérebros. O *Affaire* revelou a enfermidade moral de que padece nossa brilhante sociedade, tal como a vacina de Koch acusa no organismo as lesões tuberculosas. Felizmente ainda existem correntes profundas de humanidade por baixo dessa espuma prateada. Mas até quando viverá este país sob o domínio da ignorância e do ódio?

10

A viúva do grande barão, a mãe do barãozinho, a baronesa Jules, a doce Elisabete, havia perdido seu amado Raul Marcien. Ela tinha um coração por demais afetuoso para viver só. O que, aliás, teria sido lastimável. Sucedeu que certa noite de verão, entre o Bois e a Place de l'Étoile, ela encontrou um novo amor. Merece menção esse episódio particular, que tem ligação com os negócios públicos.

Tendo passado o mês de junho em Montil, às margens do Loire, a baronesa Jules de Bonmont fez uma parada em Paris, a caminho de Gmunden. Estando a sua casa fechada, ela foi jantar num restaurante do Bois com seu irmão, o barão Wallstein, o senhor e a senhora de Gromance, o senhor de Terremondre e o jovem Lacrisse, que, como ela, se encontravam em Paris de passagem.

Pertencendo todos à boa sociedade, eram todos nacionalistas. O barão Wallstein era-o tanto quanto os outros. Judeu austríaco posto em fuga pelos antissemitas vienenses, estabelecera-se na França, onde supria os fundos de um grande jornal antissemita e encontrava guarida na amizade da Igreja e do Exército. O senhor de Terremondre, da baixa nobreza e pequeno proprietário, demonstrava exatamente o necessário em paixões militaristas e clericais para identificar-se com a alta aristocracia rural que frequentava. Os Gromance tinham demasiado interesse na restauração da monarquia para não desejá-la com sinceridade. Sua situação pecuniária era extremamente embaraçosa. A senhora de Gromance, bonita, bem-feita, livre em seus movimentos, não via muito por que se preocupar. Mas Gromance, que já não era jovem e se aproximava da idade em que se necessita segurança, bem-estar e consideração, suspirava por tempos melhores e aguardava impacientemente a volta do rei. Estava certo de que seria nomeado par de França por Felipe restaurado. Seu direito a uma cadeira no Luxembourg fundamentava-se na sua condição de *rallié*, incluindo-se ele no rol daqueles republicanos do senhor Méline que o rei teria de pagar para engajar. O jovem Lacrisse era secretário da Juventude Realista do departamento onde a baronesa tinha terras e os Gromance tinham dívidas. Ao redor da mesinha colocada sob as frondes, à luz de velas, coada por abajures rosados, em que voejavam mariposas, aquelas cinco pessoas sentiam-se irmanadas num mesmo pensamento que Joseph Lacrisse exprimiu muito oportunamente, dizendo:

— É preciso salvar a França!

Era o tempo dos grandes desígnios e das vastas esperanças. É verdade que se haviam perdido o presidente Faure e o ministro Méline, que, o primeiro empavonado em fraque e escarpins, o outro em casaco aldeão e a trotar em grossos sapatos ferrados, deitavam a República por terra juntamente com a Justiça. Méline deixara o poder, e Faure deixara a vida, no melhor da festa. É verdade que as exéquias do presidente nacionalista não tinham produzido tudo o que se esperava, e que falhara o golpe do funeral. É verdade que, depois de terem desamassado o chapéu do presidente Loubet, os cavalheiros do Cravo Branco e do Loio Azul tinham tido os seus achatados sob os punhos dos socialistas. É verdade que um Ministério republicano se constituíra e conseguira maioria. Mas a reação dominava o clero, a magistratura, as Forças Armadas, a aristocracia territorial, a indústria, o comércio, uma parte da Câmara e quase toda a imprensa. E, como judiciosamente dizia o jovem Lacrisse, se o ministro da Justiça se atrevesse a mandar invadir as sedes dos comitês realistas e antissemitas, não haveria de encontrar em toda a França um só comissário de polícia para apreender papéis comprometedores.

— Seja como for — disse o senhor de Terremondre —, o pobre senhor Faure nos prestou grandes serviços.

— Ele amava o Exército — suspirou a senhora de Bonmont.

– Sem dúvida – retrucou o senhor de Terremondre. – E depois, com seu fausto, ele acostumou o povo à monarquia. Depois dele, o rei não pareceria impertinente, e os seus aparatos não pareceriam ridículos.

A senhora de Bonmont estava curiosa de saber se era certo que o rei faria a sua entrada em Paris numa carruagem puxada por seis cavalos brancos.

– Um dia, no último verão – prosseguiu o senhor de Terremondre –, passando pela rue Lafayette, encontrei todos os carros parados, agentes de polícia reunidos aos montes por toda parte, e os pedestres alinhados à beira dos passeios. Um sujeito a quem perguntei a razão daquilo respondeu-me gravemente que havia uma hora se esperava o presidente, que voltava ao Eliseu depois de uma visita a Saint-Denis. Fiquei a observar os basbaques respeitosos e os burgueses que, atentos e tranquilos em seus fiacres retidos, um pequeno pacote na mão, perdiam o trem com deferência. Fiquei feliz de constatar que toda aquela gente se amoldava docilmente aos costumes da realeza, e que o parisiense estava pronto para receber seu soberano.

– A cidade de Paris já não é mais republicana. Tudo vai bem – disse Joseph Lacrisse.

– Ainda bem – disse a senhora de Bonmont.

– E o seu pai compartilha as suas esperanças? – perguntou o senhor de Gromance ao jovem secretário da Juventude Realista.

É que a opinião de mestre Lacrisse, advogado das congregações, não era de desprezar. Mestre Lacrisse trabalhava com o estado-maior e preparava o processo de Rennes. Redigia os depoimentos dos generais e os fazia repeti-los. Era um dos luminares nacionalistas do foro. Mas suspeitava-se que ele alimentasse pouca confiança no desfecho dos complôs monarquistas. O velho trabalhara em outros tempos para o conde de Chambord e para o conde de Paris. Sabia, por experiência, que a República não se deixa derrubar facilmente, e que não é tão ingênua quanto parece. Desconfiava do Senado. E, ganhando algum dinheiro no Palais, resignava-se de bom grado a viver na França em uma monarquia sem rei. Não partilhava as esperanças do seu filho Joseph, mas era bastante indulgente para não censurar os ardores de uma juventude entusiasta.

– Meu pai – respondeu Joseph Lacrisse – age do seu lado. Eu ajo do meu. Nossos esforços convergem.

E inclinando-se para a senhora de Bonmont acrescentou em voz baixa:

– Nós daremos o golpe durante o processo de Rennes.

– Que Deus lhe ouça! – disse o senhor de Gromance com sincero fervor. – Pois é tempo de salvar a França.

Fazia muito calor. Tomaram sorvete em silêncio. Depois a conversa prosseguiu frouxamente, arrastando-se em assuntos corriqueiros e observações banais. A senhora de Gromance e a senhora de Bonmont falaram de modas.

– Anunciam-se, para este inverno, vestidos à camponesa – disse a senhora de Gromance, olhando a baronesa com satisfação, a imaginá-la avolumada por uma saia bufante.

– Vocês não adivinham – disse Gromance – onde eu estive hoje. Fui ao Senado. Não havia sessão. Laprat-Teulet mostrou-me o palácio. Eu vi tudo: o salão, a Galeria dos Bustos, a biblioteca. É um belo local.

E, o que ele não contava, no semicírculo onde deveriam sentar-se os pares após a restauração do rei, ele apalpara as poltronas de veludo e escolhera o seu lugar, no centro. Antes de sair, perguntara a Laprat-Teulet onde era a caixa. Aquela visita ao paço dos futuros pares reacendera-lhe as ambições. Com sinceridade vinda do fundo do coração, ele repetiu:

– Salvemos a França, senhor Lacrisse, salvemos a França: já não é sem tempo.

Lacrisse se encarregaria disso. Mostrava uma grande confiança e afetava uma grande discrição. Não duvidassem, tudo estava pronto. Naturalmente, seria preciso quebrar os dentes ao prefeito Worms-Clavelin e mais dois ou três dreyfusistas do departamento. E ele ajudou, engolindo um quarto de pêssego açucarado:

— A coisa caminhará por si mesma.

O barão Wallstein tomou a palavra. Falou longamente, fez sentir o seu conhecimento do assunto, deu conselhos e contou histórias de Viena que muito o divertiam.

Depois, à guisa de conclusão:

— Está tudo muito bem – disse com o seu renitente sotaque alemão –, está tudo muito bem. Mas é preciso admitir que os senhores falharam no seu golpe, nas exéquias do presidente Faure. Se falo assim, é porque sou seu amigo. Aos amigos fala-se a verdade. Tratem de não falhar uma segunda vez, pois então não terão mais seguidores.

Consultou o relógio, e vendo que lhe restava o tempo justo para chegar à ópera antes do fim da representação, acendeu um cigarro e deixou a mesa.

Joseph Lacrisse era discreto por força das circunstâncias, já que era um conspirador. Mas gostava de fazer alarde do seu poder e do seu prestígio. Sacou do bolso uma carteira de marroquim azul que carregava junto ao peito, sobre o coração; tirou dela uma carta que estendeu à senhora de Bonmont e disse a sorrir:

— Podem dar buscas no meu apartamento. Eu carrego tudo comigo.

A senhora de Bonmont tomou a carta, leu-a em silêncio e, corando de emoção e respeito, devolveu-a, com a mão um pouco trêmula, a Joseph Lacrisse. E quando aquela carta augusta, reinstalada no seu invólucro azul, voltou ao seu lugar no peito do secretário da Juventude Realista, a baronesa Elisabeth fixou naquele peito um longo olhar umedecido de lágrimas e incendiado de chamas. O jovem Lacrisse pareceu-lhe subitamente resplender com uma beleza heroica.

A umidade e o frescor da noite penetravam lentamente os comensais retardatários sob as árvores do restaurante. As luzes róseas sob as quais brilhavam copos e flores extinguiam-se uma a uma sobre as mesas desertas. A pedido da senhora de Gromance e da baronesa, Joseph Lacrisse tirou do bolso uma segunda vez a carta do rei e a leu em voz abafada mas distinta:

Meu caro Joseph,

Alegra-me sobremaneira a exaltação patriótica que manifestam os nossos amigos sob o seu incentivo. Vi P. D., que me pareceu em excelentes disposições.
Cordialmente seu,

Felipe

Terminada a leitura, Joseph Lacrisse repôs o papel na sua carteira de marroquim azul de encontro ao peito, sob o cravo branco que trazia à lapela.

A senhora de Gromance murmurou algumas palavras de aprovação.

— Muito bem! É a linguagem de um chefe, de um verdadeiro chefe.

— É também a minha impressão — disse Joseph Lacrisse. — Dá prazer executar as ordens de tal comandante.

— E a forma é excelente em sua concisão — prosseguiu o senhor de Gromance. — O duque de Orléans parece ter recebido do senhor conde de Chambord o segredo do estilo epistolar... As senhoras aqui não ignoram que o conde de Chambord escrevia as mais belas cartas do mundo. Tinha uma pena privilegiada. Nada mais verdadeiro: ele excedia-se principalmente na correspondência. Pode-se notar algo do seu nobre estilo no bilhete que o senhor Lacrisse acaba de ler. E o duque de Orléans tem, ademais, o ardor, o fogo da juventude... Bela figura, esse jovem príncipe! Uma figura marcial e bem francesa! Ele agrada, é cativante. Ouvi dizer que ele é quase popular nos subúrbios, onde lhe deram o apelido de "Gamela".

– A causa faz grandes progressos entre as massas – disse Lacrisse. – Os distintivos com a efígie do rei, que nós distribuímos em profusão, começam a penetrar nas fábricas e nas oficinas. O povo tem mais bom-senso do que se crê. Nossa vitória já desponta.

O senhor de Gromance respondeu num tom de benevolência e autoridade:

– Com zelo, prudência e devotamento como os seus, senhor Lacrisse, todas as esperanças são lícitas. E eu estou certo de que, para vencer, os senhores não precisarão fazer grande número de vítimas. Os vossos adversários, em bando, virão por si mesmos ao vosso encontro.

Sua condição de *rallié*, se não o proibia de formular votos pelo restabelecimento da monarquia, não lhe permitia emprestar uma aprovação demasiado aberta aos meios violentos que o jovem Lacrisse sugerira à sobremesa. O senhor de Gromance, que comparecia aos bailes da Prefeitura e dizia galanteios à senhora Worms-Clavelin, guardara um silêncio decoroso quando o jovem secretário do Comitê Realista se explicara sobre a necessidade de dar uma lição no prefeito judeu; mas nenhuma conveniência o impedia agora de tecer louvores merecidos à carta do príncipe, e de dar a entender que estava pronto a todos os sacrifícios pela salvação do país.

O senhor de Terremondre não era menos patriota e não apreciava menos o estilo de Felipe. Mas era tão apaixonado colecionador de curiosidades e tão ardente amador de autógrafos que pensava, sobretudo, em obter do jovem Lacrisse a carta principesca, fosse por via de permuta, fosse por doação ou à guisa de empréstimo. Por meios diversos ele se apropriara de carta de várias personagens envolvidas no caso Dreyfus, e formara uma coleção interessante. Pensava agora em compor um Dossiê da Conspiração, nele introduzindo a carta do príncipe como peça capital. Sabia que isso não seria fácil, e o assunto lhe absorvia por completo o pensamento.

– Venha ver-me, senhor Lacrisse – disse ele. – Venha ver-me em Neuilly, onde eu ainda me demorarei alguns dias. Vou mostrar-lhe algumas peças bem curiosas. E voltaremos a falar dessa carta.

A senhora de Gromance escutara com delicada atenção a mensagem do rei. Ela pertencia à alta sociedade. Tinha traquejo bastante para saber o que é devido aos príncipes. Inclinara a cabeça às palavras de Felipe como teria feito reverência ao *couvert* do rei, se tivesse tido a honra de vê-lo passar. Mas faltava-lhe arrebatamento, e ela não tinha o sentimento da veneração. Depois, os príncipes não tinham mistérios para ela. Conhecera de tão perto quanto possível um parente do duque. Fora certa tarde, numa casa discreta do Quartier des Champs-Elysées. Fora dito tudo que havia a dizer, e o encontro não se repetira. Sua Alteza fora cortês, sem magnificência. Sem dúvida, ela se sentira honrada, mas não julgara que fosse uma honra muito especial ou muito extraordinária. Agradavam-lhe os príncipes; ocasionalmente, ela os amava; mas não os idolatrava. A carta não a comoveu. Quanto ao pequeno Lacrisse, a simpatia que lhe votava nada tinha de ardente ou tumultuosa. Compreendia e aprovava aquele homenzinho louro, um pouco frágil, bastante gentil, que não era rico, que lutava a duras penas e se esforçava por ganhar importância. Sabia por experiência que não é fácil fazer figura quando não se tem o dinheiro suficiente. Ambos lutavam pelo seu lugar na escala social. Era motivo para um bom entendimento. Ajudar-se mutuamente quando fosse o caso, muito bem! Nada mais que isso!

– Meus cumprimentos, senhor Lacrisse – disse ela. – E meus melhores votos.

Quão mais ternas e românticas eram as impressões da baronesa Jules! A doce vienense interessava-se de todo coração por aquele elegante complô de que o cravo branco era o emblema. Por sinal, ela adorava as flores! Estar metida numa conspiração de gentis-homens em favor do rei era para ela mergulhar na velha nobreza da França, penetrar nos salões mais aristocráticos e em breve, quem sabe, frequentar a corte. Ela estava emocionada, encantada, perturbada. Menos ambiciosa que sentimental, o que ela via antes de mais nada, na sinceridade do seu coração acessível, o que ela via naquela carta do príncipe, era poesia.

Ela deu voz a esse casto pensamento:

– Senhor Lacrisse, é uma carta poética!

– É verdade – respondeu Joseph Lacrisse.

E trocaram um prolongado olhar.

Nenhuma palavra memorável foi dita depois disso, naquela noite cálida, diante das flores e das velas que cobriam a mesinha do restaurante.

Chega a hora de se separarem. A baronesa levantou-se e, enquanto o senhor Joseph Lacrisse lhe colocava o casaco sobre as exuberantes espáduas, estendeu a mão ao senhor de Terremondre, que se despedia. Este ia a pé para Neuilly, onde tinha a sua casa temporária.

– É bem perto, quinhentos passos daqui. Estou certo, madame, de que a senhora não conhece Neuilly. Eu descobri em Saint-James o que resta de um velho parque, com um conjunto de Lemoyne sob um caramanchão. Gostaria de levá-la para vê-lo um dia.

E já a sua forma alta e robusta mergulhava na alameda azulada pela Lua.

A baronesa de Bonmont ofereceu aos Gromance reconduzi-los a casa no seu carro, que lhe enviara o seu irmão, Wallstein.

– Subam! Podemos acomodar-nos bem os três.

Mas os Gromance eram discretos. Chamaram um fiacre parado à frente das grades do restaurante e se enfiaram nele tão depressa que a baronesa não teve tempo de impedi-los. Ela ficou sozinha com Joseph Lacrisse ante a portinhola aberta da sege.

– Posso oferecer-lhe condução, senhor Lacrisse?

— Receio incomodá-la.
— De modo algum. Onde quer que o deixe?
— Na Étoile.

Enveredaram pela estrada azul, bordejada de folhagens negras, na noite silenciosa... E chegaram ao termo do percurso.

Tendo o carro se detido, a baronesa, com a voz de quem desperta de um sonho, perguntou:

— Onde estamos?
— Na Étoile, infelizmente! – respondeu Joseph Lacrisse.

E depois que ele desceu a baronesa, rodando só pela avenue Marceau, na viatura agora arrefecida, um cravo branco dilacerado entre os seus dedos nus, as pálpebras semicerradas e os lábios entreabertos, fremia ainda com aquele abraço ardente e terno que, aproximando do seu peito a missiva real, acabava de mesclar à doçura de amar a ufania da glória. Tinha consciência de que aquela carta comunicava à sua íntima ventura uma grandeza nacional e a majestade da história da França.

11

Era numa casa da rue de Berri, ao fundo do pátio, um pequeno entressolho, que recebia uma claridade triste como as pedras ao longo das quais penosamente se filtrava. Henri de Brécé, filho do duque Jean, presidente do comitê executivo, sentado à sua mesa diante de uma folha de papel em branco, transformava um borrão de tinta num balão, acrescentando-lhe um fio, a cordoalha e uma nacele. Atrás dele, uma grande fotografia pregada à parede mostrava o príncipe, muito balofo, em sua solenidade vulgar e em sua juventude alvar. Galhardetes tricolores com flores-de-lis cercavam o retrato. Aos cantos da peça desdobravam-se bandeiras sobre as quais matronas vendeanas e bretãs tinham bordado lírios dourados e divisas realistas. Na parede do fundo, sabres de cavalaria e uma bandeirola de cartão com a inscrição "Viva o Exército!". Abaixo, presa com alfinetes, uma caricatura de Joseph Reinach transformado em gorila. Um arquivo e um cofre-forte compunham, juntamente com um canapé, quatro cadeiras e a escrivaninha de madeira escura, todo o mobiliário do aposento a um tempo íntimo e administrativo. Folhetos de propaganda empilhavam-se em fardos ao longo das paredes.

De pé contra a lareira, Joseph Lacrisse, secretário do comitê departamental da Juventude Realista, folheava em silêncio a lista de afiliados. Cavalgando uma cadeira, o olhar fixo e o cenho franzido, Henri Léon, vice-presidente dos comitês realistas do Sudoeste, desenvolvia as suas ideias. Era tido como irreverente, ranzinza e grande pessimista. Mas a sua capacidade hereditária em matéria de finanças tornava-o precioso aos seus associados. Era filho de Léon-Léon, banqueiro dos Bourbon de Espanha, arruinado no craque da Union Génerale.

— A coisa está feia, é o que lhes digo, a coisa está feia. Eu o sinto. Dia a dia o cerco se aperta em torno de nós. Com Méline nós podíamos respirar, tínhamos espaço, muito espaço. Estávamos à vontade, tínhamos liberdade para mover-nos.

Ele afastou os cotovelos e jogou os braços, como para dar ideia da facilidade de movimentos que reinara naqueles bons tempos passados. E prosseguiu:

— Com Méline nós tínhamos tudo. Nós, os realistas, tínhamos o governo, e o Exército, a magistratura, a administração, a polícia.

— Ainda temos tudo isso – disse Henri de Brécé. – E a opinião pública mais que nunca está conosco, uma vez que o governo é impopular.

— Não é mais a mesma coisa. Com Méline nós éramos oficiosos, éramos governamentais, éramos conservadores. Era uma situação admirável para conspirar. Não se iludam: o francês, em geral, é conservador. É caseiro. Detesta mudanças. Méline prestava-nos o serviço imenso de nos dar um ar tranquilizador, de fazer-nos bonachões, tão bonachões quanto ele próprio. Ele dizia que éramos nós os republicanos, e a população lhe dava crédito. Vendo-lhe a cara, era impossível suspeitar que gracejasse. Ele nos fez aceitos. Não foi serviço de pouca monta!

– Méline era um homem correto – suspirou Henri de Brécé. – Justiça lhe seja feita.

– Era um patriota! – disse Joseph Lacrisse.

– Com um ministro como aquele – continuou Henri Léon –, nós tínhamos tudo, nós éramos tudo, nós podíamos tudo. Nem sequer precisávamos nos esconder. Não estávamos fora da República: estávamos acima dela. Nós a dominávamos do alto do nosso patriotismo. Nós éramos todo o mundo, nós éramos a França! Não morro de amores pela vadia. Mas é preciso reconhecer que, às vezes, a República é uma boa moça. Sob Méline a polícia era discreta, era suave. Não exagero, era suave. Numa manifestação realista que tu, Brécé, primorosamente organizaste, eu gritei a valer: "Viva a polícia!" E era de coração. Os guardas esbordoavam os republicanos com vontade!... Gérault-Richard foi metido na cadeia por ter gritado "Viva a República!". Méline nos tornava a vida demasiado fácil. Uma babá é o que ele era! Ele nos embalava, nos fazia adormecer. Isso é que é. O próprio general Decuir dizia: "Já que temos tudo o que podíamos desejar, por que tentar virar a mesa, correndo o risco de dar com os burros n'água?" Oh, benditos tempos! Méline conduzia a ciranda. Nacionalistas, monarquistas, antissemitas, plebiscitários, todos dançávamos em coro ao seu violão caipira. Tudo gente boa, todos felizes! Já sob Dupuy eu não me sentia tão bem: com ele, não era tão fácil. Não ficávamos tão à vontade. É certo que ele não nos queria fazer mal. Mas não era um amigo de verdade. Não era mais o bom menestrel da aldeia que presidia a boda. Era um gordo cocheiro que nos carregava num fiacre. E a gente ia aos trancos e barrancos, batendo aqui e ali, correndo o risco de virar. Ele tinha a mão dura. Dirão que era um falso desastrado. Mas o falso desazo se parece demais com o verdadeiro. Além do mais, ele não sabia aonde queria ir. Como esses cocheiros que não conhecem a nossa rua e nos fazem rodar indefinidamente por caminhos impossíveis, piscando o olho com ar ladino. É enervante!

— Eu não defendo Dupuy — disse Henri de Brécé.

— E eu não o ataco: observo-o, estudo-o, classifico-o. Não lhe quero mal. Ele nos prestou um grande serviço. Não o esqueçamos. Sem ele, estaríamos todos atrás das grades a esta altura. Sim senhor, durante as exéquias de Paure, no grande dia da ação paralela, sem ele, depois do fracasso do golpe do catafalco, nós estaríamos fritos, meus pombinhos.

— Não era a nós que ele queria poupar — disse Joseph Lacrisse, com o nariz nos seus registros.

— Eu sei. Ele viu logo que nada podia fazer, que havia generais por dentro, que a coisa era graúda. Assim mesmo, temos de acender-lhe uma vela.

— Bah! — disse Henri de Brécé. — Nós teríamos sido absolvidos, como Déroulède.

— É possível, mas ele permitiu que nos refizéssemos tranquilamente após a debandada do funeral, e eu lhe sou reconhecido por isso, confesso. Por outro lado, sem malícia, sem querer, talvez, ele nos fez muito mal. De repente, quando menos se esperava, o gorducho assumiu o ar de estar possesso contra nós. Fazia crer que defendia a República. Estava no seu papel, eu bem sei. Não era a sério. Mas causava má impressão. Estou cansado de dizer-lhes: este é um país conservador. Dupuy não dizia, como Méline, que éramos nós os conservadores, que éramos nós os republicanos. Aliás, se tivesse dito, ninguém teria acreditado nele. Nunca lhe deram crédito. Sob o seu Ministério, perdemos algo da nossa ascendência sobre o país. Deixamos de ser do governo. Deixamos de ser tranquilizantes. Começamos a inquietar os republicanos de carteirinha. Era dignificante, mas perigoso. Nossa situação ficou pior sob Dupuy que sob Méline; e é pior sob Waldeck-Rousseau do que foi sob Dupuy. Esta é a verdade, a amarga verdade.

— É evidente – replicou Henri de Brécé esticando os bigodes – que o Ministério Waldeck-Millerand está animado das piores intenções; mas, repito, ele é impopular, e não vai durar.

— Ele é impopular – tornou Henri Léon. – Mas estás seguro de que não vai durar o suficiente para nos prejudicar? Os governos impopulares duram tanto quanto os outros. Aliás, não há governos populares. Governar é descontentar. Cá entre nós, que ninguém nos ouça: não temos necessidade de dizer tolices calculadas. Acreditam que seremos populares, nós, quando formos o governo? Acreditas, Brécé, que as populações chorarão de emoção ao contemplar a tua vestimenta de camarista, com uma chave às costas? E tu, Lacrisse, pensas que serás aclamado nos subúrbios, em dia de greve, quando fores prefeito de polícia? Olha-te no espelho, e dize-me se tens cara de um ídolo do povo. Não nos enganemos a nós mesmos. Nós dizemos que o Ministério Waldeck é composto de idiotas. Estamos certos em dizê-lo; mas estaríamos errados em acreditá-lo.

— O que nos deve tranquilizar – disse Joseph Lacrisse – é a fraqueza do governo, que não será obedecido.

— Não é de hoje – disse Henri Léon – que temos governos fracos. Todos eles nos bateram.

— O Ministério Waldeck não tem um só comissário de polícia à sua disposição – replicou Joseph Lacrisse. – Nem um só!

— Ainda bem – disse Léon –, pois bastaria um para engaiolar-nos os três. Eu lhes digo, o cerco está-se fechando. Meditem nestas palavras de um filósofo; vale a pena: "Os republicanos governam mal, mas defendem-se bem."

Entrementes, Henri de Brécé, curvado sobre a mesa, transformava um segundo borrão em coleóptero pela adjunção de uma cabeça, duas antenas e seis pernas. Lançou um olhar satisfeito sobre a sua obra, levantou a cabeça e disse:

— Ainda temos alguns trunfos em nosso jogo: o Exército, o clero...

Henri Léon interrompeu-o:

— O Exército, o clero, a magistratura, a burguesia, os rapazes de açougue, todo o trem da alegria da República, pois não!... No entanto o trem roda, e rodará até que o maquinista faça parar a locomotiva.

— Ah! – suspirou Joseph –, se ainda tivéssemos o presidente Faure!...

— Félix Faure – replicou Henri Léon – ficou conosco por vaidade. Ele era nacionalista para caçar com os Brécé. Mas teria se voltado contra nós tão logo nos visse a ponto de vencer. Não era do seu interesse restabelecer a monarquia. Bolas! De que lhe serviria a monarquia? Nós não haveríamos de oferecer-lhe a espada de condestável. Podemos lamentá-lo: ele amava o Exército; podemos chorá-lo; mas a sua perda não nos deve deixar inconsoláveis. E, depois, ele não era o maquinista. Loubet tampouco era o maquinista. O presidente da República, seja ele quem for, não comanda a máquina. O que é terrível, entendam, meus amigos, é que o trem da República é conduzido por um maquinista fantasma. Ninguém o vê, e a locomotiva avança sempre. Isso me assusta, positivamente.

Henri Léon fez uma pausa, depois prosseguiu:

— Há outra coisa ainda. É a apatia geral. Quanto a este aspecto, quero reproduzir-lhes as palavras profundas do cidadão Bissolo. Foi quando organizávamos, com os antissemitas, manifestações espontâneas contra Loubet. Nossos grupos corriam os bulevares gritando: "Panamá! Demissão! Viva o Exército!" Era um espetáculo soberbo! O pequeno Ponthieu e os dois filhos do general Decuir iam à frente, de chapéu de copa alta, um cravo branco na lapela, na mão um bastão de punho dourado. E os melhores *camelots* de Paris formavam a coluna. Nós os podíamos escolher a dedo. Boa paga e nada de riscos! Eles teriam ficado aborrecidos de perder uma festa como aquela. E que goelas, que punhos e que cacetes! Uma contramanifestação não tardou a formar-se. Bandos menos numerosos e menos imponentes que os nossos, mas ainda assim aguerridos e resolutos, avançaram ao nosso encontro, aos gritos de

"Viva a República! Abaixo os padrecas!". Às vezes, entre os nossos adversários, subia um grito de "Viva Loubet!", parecendo surpreso ele próprio de atravessar os ares. Antes de expirar, aquele clamor insólito excitou a cólera dos policiais, que naquele exato momento formavam uma barreira no bulevar, como um austero galão de lã negra nas bordas de um tapete multicor. E em seguida aquela moldura, animada de movimento próprio, precipitou-se contra a frente da contramanifestação, enquanto outra tropa de agentes agia pela retaguarda. Num piscar de olhos a polícia tinha desmantelado os partidários do senhor Loubet e arrastado os destroços irreconhecíveis para as profundezas insidiosas da rue Drouot. Era essa a ordem naqueles dias agitados. Será que o senhor Loubet, no Eliseu, ignorava os procedimentos postos em prática pela sua polícia para fazer respeitar nas ruas o chefe de Estado? Ou será que, em os conhecendo, não podia ou não queria impedi-los? Não sei. Teria ele compreendido que a sua própria impopularidade, embora sólida e maciça, se dissipava, quase que se evaporava, no espetáculo divertido e singular que se oferecia todas as noites a um povo espirituoso? Não creio. Pois então o homem seria de meter medo: ele seria um gênio, e eu não teria mais certeza de dormir este inverno no Eliseu, diante da câmara do rei, atravessado na porta. Não, eu acho que Loubet ainda dessa vez teve a sorte de nada poder fazer. O certo, fosse como fosse, é que os beleguins, que agiram espontaneamente e sob o mero impulso dos seus bons sentimentos, conseguiram, ao tornarem a repressão simpática, infundir à ascensão do presidente um pouco daquela animação popular que de todo faltava. Com isso, tudo considerado, fizeram-nos mais mal do que bem, pois contentaram o público, quando o nosso interesse era ver crescer o descontentamento geral. De um modo ou de outro, uma noite, uma das últimas daquela grande semana, enquanto a manobra de sempre se executava ponto a ponto, no momento em que a contramanifestação estava contida à frente e à retaguarda pela polícia e nos flancos por nós, vi o cidadão Bissolo destacar-se da frente ameaçada por sectários do Eliseu e, em grande pernadas, com um furioso gingado do seu corpinho franzino, ganhar a esquina da rue Drouot, onde eu estava postado com uma dúzia de *camelots* que gritavam sob as minhas ordens: "Panamá! Demissão!" Uma esquinazinha bem tranquila! Eu marcava a cadência e os meus homens destacavam as sílabas: Pa-na-má! A coisa se fazia com gosto. Bissolo veio agachar-se entre as minhas pernas. Ele me temia menos que à polícia: e não se enganava. De dois anos para cá, o cidadão Bissolo e eu nos encontrávamos face a face em todas as manifestações; à entrada e à saída de todos os comícios, à testa de todos os desfiles. Tínhamos trocado toda espécie de xingamentos políticos: "Carola, vendido, falsário, traidor, assassino, renegado!" Isso une, cria uma simpatia. E o que é mais, eu estava contente de ver um socialista, quase um libertário, defender Loubet, que é bem mais um moderado a seu modo. Dizia comigo: "O presidente não deve estar nada satisfeito de ser aclamado por Bissolo, esse nanico com voz de trovão que nos comícios reivindica a nacionalização do capital. Aquele burguês teria preferido ser apoiado por um burguês como eu. Mas ele pode tirar o cavalo da chuva. Panamá! Panamá! Demissão! Demissão! Viva o Exército! Abaixo os judeus! Viva o rei!" Aquilo tudo fez com que eu recebesse Bissolo com cortesia. Tudo o que eu teria a fazer era dizer "Olhem, aqui está Bissolo!" para que ele fosse prontamente massacrado pelos meus 12 *camelots*. Mas isso de nada adiantaria. Eu nada disse. Ficamos bem calmos, um ao lado do outro, a observar o desfile dos presos loubetistas, que eram conduzidos sem nenhuma delicadeza à delegacia da rue Drouot. Na maioria, tendo sido previamente surrados, eles pendiam dos braços dos agentes como bonecos de trapos. Entre eles havia um deputado socialista, um belo homem, com as roupas em tiras; não tinha mais as mangas...; um aprendiz que chorava e gritava "Mamãe! mamãe!..."; o redator de um jornal sem expressão, com os olhos inchados, o nariz, uma fonte luminosa. E por aí afora. A *Marselhesa! Qu'un sang impur...* Chamou-me atenção especial um tipo que era bem mais respeitável e bem mais patético que os outros. Era uma espécie de profeta, um homem idoso e grave. Evidentemente, ele tentava explicar-se. Esforçava-se por fazer com que os policiais entendessem alegações sutis e persuasivas. Sem o que não se poderia compreender que estes lhe castigassem os rins, como faziam, com os saltos de suas botas, e lhe desfechassem nas costas sonoros socos. E como fosse muito alto, muito frágil, mirrado e de pouco peso, saltitava sob os golpes de uma maneira assaz grotesca, e mostrava a cômica tendência de escapar-se para o alto. A cabeça descoberta era lastimável. Ele tinha aquele jeito de afogado que assumem os míopes quando perdem os óculos. E a cara exprimia a infinita aflição de uma criatura que perdeu todo contato com o mundo exterior exceto através de punhos duros e de solas ferradas. À passagem daquele infeliz prisioneiro, o cidadão Bissolo, embora em território inimigo, não se pôde impedir de suspirar e dizer: "Não deixa de ser engraçado que republicanos sejam tratados desse modo numa República." Respondi polidamente que de fato era impagável. "Não, cidadão monarquista", retrucou Bissolo, "não, não é impagável. É triste. Mas isso não é o mais trágico. O mais trágico, eu lhe digo, é o enfraquecimento do povo." Assim falou o cidadão Bissolo, com uma confiança que nos fazia honra a ambos. Passei os olhos por aquela gente, e na verdade me pareceu frouxa e sem energia. Daquela massa subia vez por outra, como uma pedra lançada por uma criança, um grito de "Abaixo Loubet! Abaixo os ladrões! Abaixo os judeus! Viva o Exército!". Desprendia-se dela uma solidariedade bastante cordial para com os bravos policiais. Mas nenhuma eletricidade, nada que anunciasse a tormenta. E o cidadão Bissolo disse ainda com melancólica filosofia: "O mal, o grande mal, é a apatia do povo. Nós, republicanos, nós, socialistas e libertários, sofremos com isso hoje. Os senhores, monarquistas e cesaristas, hão de sofrer amanhã. E saberão por sua vez que não é fácil obrigar a beber um burro que não tem sede. Prendem-se os republicanos e ninguém levanta um dedo. Quando chegar a vez de se prenderem os realistas, tampouco vão se mexer. Pode estar certo, a turba não se abalará para livrá-lo, senhor Léon, ou ao seu amigo senhor Déroulède." Confesso que ao clarão dessas palavras pareceu-me entrever as profundezas sinistras do futuro. Não obstante, respondi com certa empáfia: "Cidadão Bissolo, subsiste no entanto entre os senhores e nós a diferença de que os senhores são para o povo uma corja de vendidos sem pátria, e que nós, os monarquistas e nacionalistas, gozamos a estima pública, somos populares." A essas palavras o cidadão Bissolo sorriu muito amavelmente e disse: "A montaria está aí, meu senhor: tudo que tem a fazer é montar. Mas, quando estiver em cima, ela se deitará à beira do caminho e o lançará por terra. Não há cavalo mais velhaco, eu lhe previno. A qual dos seus ginetes, se me faz favor, a popularidade não quebrou as costelas? Algum dia a multidão já deu qualquer ajuda aos seus ídolos em perigo? Os senhores não são assim tão populares quanto afirmam, senhores nacionalistas, e o vosso pretendente Gamela é muito pouco conhecido do público. Mas se algum dia o populacho os tomar amorosamente nos braços, os senhores cedo descobrirão a enormidade da sua impotência e da sua covardia." Não pude deixar de censurar severamente o cidadão Bissolo por assim caluniar o povo francês. Ele me respondeu que era sociólogo, que professava o socialismo em bases científicas e que possuía num pequeno arquivo uma coleção de fatos precisamente classificados que lhe permitiam operar a revolução sistemática. E acrescentou: "A ciência é soberana, não o povo. Uma asneira repetida por 36 milhões de bocas não deixa de ser uma asneira. O mais das vezes, as maiorias têm mostrado uma aptidão extraordinária ao servilismo. Nos fracos, a fraqueza se multiplica com o número dos indivíduos. As massas são sempre inertes. Só mostram alguma força no momento em que estão morrendo de fome. Eu tenho meios de provar-lhe que na manhã de 10 de agosto de 1792 o povo de Paris ainda era realista. Faz dez anos que eu falo nos comícios, e tenho levado não poucas bordoadas. A educação do povo mal começa, esta é que é a verdade. No cérebro de um operário, no lugar onde os burgueses alojam os seus preconceitos ineptos e cruéis, existe um grande buraco. Ele tem de ser preenchido. Um dia o conseguiremos. Levará tempo.

Nesse meio-tempo, é preferível ter o crânio vazio que cheio de sapos e serpentes. Tudo isso é científico, tudo isso está no meu arquivo. Tudo isso está de acordo com as leis da evolução... Ainda assim, a impassibilidade geral me dá nojo. E se eu estivesse em seu lugar, me daria medo. Olhe só os vossos partidários, os defensores do sabre e do hissope, como são moles, como são gelatinosos!" Tendo acabado de falar, ele levantou os braços e urrou furiosamente "Viva o socialismo!", enquanto mergulhava de cabeça baixa na multidão, desaparecendo no marulho.

Joseph Lacrisse, que escutara sem prazer essa longa narrativa, perguntou se o cidadão Bissolo não era um simplório boçal.

– Ao contrário, é um homem de espírito – respondeu Henri Léon. – E que seria preferível poder ter do nosso lado, como dizia Bismarck falando de Lassalle. Bissolo tem carradas de razão quando diz que não se obriga a beber um burro que não tem sede.

12

A senhora de Bonmont concebia o amor como uma deliciosa voragem. Depois daquele jantar madrilenho, glorificado pela leitura de uma epístola real, no regresso emocionante do Bois, no coche ainda aquecido por um abraço histórico, ela dissera a Joseph Lacrisse: "Será para sempre!" E estas palavras, que parecerão vãs considerando-se a instabilidade dos elementos que servem de substância às emoções amorosas, nem por isso deixavam de ser o testemunho de um espiritualismo requintado e de uma elegante inclinação pelo infinito. "Certamente!", respondera Joseph Lacrisse.

Duas semanas haviam-se escoado desde aquela noite vibrante, duas semanas durante as quais o secretário do comitê departamental da Juventude Realista dividira o seu tempo entre os cuidados da conspiração e os do amor. A baronesa, num *tailleur*, o rosto encoberto por um veuzinho de renda branca, chegara à hora combinada no primeiro andar de um prédio discreto da rue Lord-Byron: três peças que ela mesma decorara com delicado carinho e mandara forrar daquele mesmo azul-celeste que bem pouco tempo atrás envolvia os seus esquecidos amores com Raul Marcien. Ali encontrou Joseph Lacrisse, correto, altivo e até um pouco arrogante, cortês, jovem, mas não exatamente como ela teria desejado. Ele tinha o humor sombrio e parecia inquieto. O cenho carregado, os lábios finos e apertados lhe teriam lembrado Rara, se ela não tivesse em seu arroubamento o dom maravilhoso de esquecer o passado. Ela sabia que, se ele estava preocupado, não era sem motivo. Sabia que ele conspirava, e que em pessoa estava encarregado de desbancar um prefeito de primeira classe e os principais republicanos de um departamento populoso; que arriscava nessa empresa a liberdade e a própria vida, pelo trono e pelo altar. Fora por ser ele um conjurado que ela o amara de início. Mas agora o teria preferido mais terno e sorridente. Ele não a recebera mal. Dissera-lhe: "É um deleite vê-la. Há 15 dias que eu venho vivendo em meu sonho estrelado, positivamente." E acrescentara: "A senhora está encantadora!" Mas mal a olhara. E logo em seguida dirigira-se à janela. Afastara uma ponta da cortina e fazia dez minutos que lá ficara postado a vigiar.

Sem voltar-se, ele lhe disse:

– Eu lhe avisei que nós precisaríamos ter duas saídas. A senhora não me deu ouvidos... Ainda bem que pelo menos estamos do lado da frente. Mas a árvore me atrapalha a visão.

– A acácia – suspirou a baronesa, desprendendo lentamente o véu.

A casa, retirada, dava para um pequeno jardim em que cresciam uma acácia e uma dúzia de evônimos, fechado por uma grande coberta de hera.

— A acácia, se prefere.
— Que está olhando, meu querido?
— Um homem encostado ao muro, do outro lado da rua.
— Quem é ele?
— Não sei. Procuro ver se é um dos meus policiais. Estou sendo seguido. Desde que cheguei a Paris, tenho dois agentes no meu rastro o dia inteiro. Com o tempo, torna-se exasperante. Desta vez eu acreditava tê-los despistado.
— Não poderia fazer uma queixa?
— A quem?
— Não sei... ao governo...

Ele não respondeu e demorou-se mais algum tempo a observar. Depois, tendo-se certificado de que não se tratava de um agente, voltou para junto dela, um pouco mais calmo.

— Como eu a amo! A senhora está mais bela do que nunca. Palavra. A senhora é adorável... Mas, quem sabe se trocaram os agentes!... Foi Dupuy quem os destacou. Havia um alto e um pequeno. O alto usava óculos escuros. O baixote tinha um nariz que parecia um bico de papagaio e olhos de ave. Olhavam de lado. Eu os conhecia. Eles não eram de temer. Todo mundo os conhecia. Quando eu estava no meu clube, cada um dos meus amigos me dizia ao entrar: "Lacrisse, acabo de ver os teus agentes à porta." Eu lhes mandava cerveja e charutos. Às vezes, me perguntava se Dupuy não os teria destacado para me proteger. Dupuy era mal-educado, rabugento e imprevisível, mas era um patriota. Bem diferente dos ministros atuais. Com estes é preciso abrir o olho. Na certa mudaram os meus agentes, os miseráveis!

Voltou à janela.

— Não!... É um cocheiro que fuma o seu cachimbo. Eu não tinha reparado no seu colete riscado de amarelo. O medo deforma os objetos, isto é certo!... Eu lhe confesso que tive medo: mas pode crer que foi por sua causa. Eu não gostaria que a senhora se comprometesse por mim. A senhora é tão encantadora, tão deliciosa!...

Ele chegou-se a ela, estreitou-a nos braços e cobriu-a de carícias arrebatadas. Logo ela viu suas vestes em tal desordem que o pudor, à falta de outro sentimento, a teria obrigado a despi-las.

– Elisabeth, diz-me que me amas.
– Parece-me que, se eu não te amasse...
– Estás ouvindo esses passos pesados e regulares na rua?
– Não, meu querido.

E era verdade que, mergulhada num delicioso nada, ela não prestava ouvidos aos rumores do mundo exterior.

– Desta vez não há engano. É ele, o meu agente, o baixote, o passarinho. Eu conheço aquele passo. Poderia distingui-lo entre mil.

E voltou à janela.

Aqueles rebates o enervavam. Depois do revés de 23 de fevereiro, ele perdera sua altiva confiança. Começava a crer que a luta seria longa e difícil. O desânimo vencia a maior parte dos seus companheiros. Ele se tornara irritadiço. Tudo o impacientava.

Ela teve a infelicidade de dizer-lhe:

– Meu amigo, não te esqueças de que eu te fiz convidar para jantar amanhã em casa do meu irmão, Wallstein. Será uma ocasião de nos vermos.

Ele explodiu:

– O teu irmão Wallstein! Ah, não me fales nele! Aquele não nega a raça! Henri Léon falou-lhe esta semana de um negócio interessante, um jornal de propaganda a ser distribuído em profusão, gratuitamente, no interior e nos centros operários. Ele fingiu não entender. Deu conselhos, bons conselhos a Léon. Será que ele pensa que é de conselhos que nós precisamos, o teu irmão Wallstein?

Elisabeth era antissemita. Sentiu que não podia, sem vexame, defender o irmão Wallstein, a quem amava. Conservou-se em silêncio.

Ele se pôs a brincar com o pequeno revólver que tinha colocado sobre a mesa de cabeceira.

— Se vierem me prender...

Uma onda rubra de cólera subiu-lhe à cabeça. Largou a esbravejar contra os judeus, os protestantes, os franco-maçons, os livres-pensadores, os parlamentares, os republicanos, os ministeriais, gostaria de espancá-los em praça pública, aplicar-lhes lavagens de vitríolo. Tornou-se eloquente, fez ouvir a linguagem fanática do *Croix*.

— Os judeus e os franco-maçons estão devorando a França. Eles nos exploram e nos arruínam. Mas não perdem por esperar! Esperem só o processo de Rennes, e hão de ver se não os vamos sangrar, defumar-lhes os pernis, rechear-lhes as tripas e pendurar-lhes as cabeças nas portas dos salsicheiros!... Está tudo pronto. O movimento vai rebentar simultaneamente em Rennes e em Paris. Os *dreyfusards* serão arrastados pelas pedras das ruas. Loubet há de torrar nas chamas do Eliseu. E não será sem tempo.

A senhora de Bonmont concebia o amor como um abismo de delícias. Não achava que fosse demais esquecer do mundo por um dia só, uma vez naquele esconderijo forrado de azul-celeste. Esforçou-se por trazer seu amado de volta a pensamentos mais doces. Disse-lhe:

— Como são bonitos os teus cílios.

E beijou-lhe as pálpebras de leve.

Quando reabriu os olhos, toda lânguida, revivendo em seu coração ditoso o infinito que por momentos o enchera, viu Joseph preocupado e distante, embora ainda o retivesse com um dos seus lindos braços frouxamente abandonados. Com voz branda como um suspiro, perguntou-lhe:

— Que tens, meu querido? Estávamos tão felizes um minuto atrás!

— Certamente — respondeu Joseph Lacrisse. — Mas acontece que tenho três despachos cifrados a enviar antes da noite. É complicado e perigoso. Nós chegamos a pensar que Dupuy tinha interceptado os nossos telegramas de 22 de fevereiro. Havia neles o suficiente para mandar-nos a todos para detrás das grades.

— E não tinha, meu querido?

— Tudo indica que não, já que não fomos incomodados. Mas tenho razões para crer que, de uma quinzena para cá, o governo está de olho. E enquanto não tivermos esmagado a megera, eu não ficarei em paz.

Ela então, terna e radiosa, lançou os braços em torno do pescoço dele, como uma grinalda florida e perfumada, fixou nele as safiras úmidas das suas pupilas e disse-lhe com um sorriso da sua boca impetuosa e fresca:

— Não te inquietes mais, meu amor. Não te atormentes. Hás de vencer, estou certa. A República está perdida. Como te há de resistir? Ninguém mais quer saber de parlamentares. Ninguém mais, eu sei disso. Ninguém mais quer saber de maçons, de livres-pensadores, de toda essa gente ruim que não acredita em Deus, que não tem pátria nem religião. Pois é tudo a mesma coisa, não é mesmo, a pátria e a religião? Há impulso admirável em todos os espíritos. Domingo, na missa, as igrejas estão repletas. E não é só de mulheres, como querem fazer crer os republicanos. Há homens, homens importantes, oficiais. Acredita, meu querido, vocês hão de vencer. Antes de mais nada, eu vou acender velas por vocês na capela de Santo Antônio.

E ele, grave e pensativo:

— Sim, será para os primeiros dias de setembro. O estado de espírito do povo é favorável. Nós temos o apoio e o encorajamento das populações. Ah!, não nos faltam simpatizantes.

Ela perguntou-lhe imprudentemente o que era que faltava.

— O que nos falta, ou pelo menos poderia nos faltar, se a campanha se prolongasse, é o nervo da guerra... com os diabos!, o dinheiro. Temos contribuições. Mas é preciso mais. Três damas da melhor sociedade nos forneceram 300 mil francos. Sua Alteza sensibilizou-se com essa generosidade bem francesa. Não é verdade que há nessa oferenda feita à realeza por mulheres qualquer coisa de tocante, de precioso, que evoca a antiga França, a antiga sociedade?

A esta altura a baronesa, em frente ao espelho, recompunha a toalete e parecia não ouvir.

Ele precisou o seu pensamento:

— Eles se estão esvaindo, esses 300 mil francos trazidos por mãos graciosas. Sua Alteza nos recomendou, com nobre desprendimento: "Gastem os 300 mil francos até o último *sou*." Se uma bela mãozinha nos trouxesse outros 100 mil francos, ela seria abençoada. Ela teria contribuído para salvar a França. Há um bom lugar a ser ocupado entre as amazonas do cheque, no esquadrão das belas conspiradoras. Eu prometo, sem receio de ser desmentido, eu prometo à quarta que se apresentar uma carta autógrafa do príncipe, e, o que é mais, para o próximo inverno, um assento na corte.

Sentindo que estava sendo usada, a baronesa experimentou uma impressão penosa. Não era a primeira vez. Mas ela não se acostumava àquilo. E julgava de todo dispensável contribuir com seu dinheiro para a restauração do trono. Sem dúvida, ela amava aquele jovem príncipe tão belo, tão rosado, com a sua sedosa barba loura. Desejava ardentemente o seu retorno, aguardava com impaciência a sua entrada em Paris e a sua sagração. Mas dizia a si mesma que com 2 milhões de renda ele não precisava que lhe dessem nada além de amor, de flores e velas votivas. Joseph Lacrisse parou de falar, e o silêncio tornou-se embaraçoso. Ela murmurou para o espelho:

— Meu Deus, como o meu cabelo está horrível!

Depois, tendo acabado de arrumar-se, tirou da sua bolsinha um trevo de quatro folhas encerrado num medalhão de vidro e emoldurado num anel de prata. Estendeu-o ao namorado e disse-lhe em tom sentimental:

— Isto te trará sorte. Promete-me que o guardarás sempre contigo.

Joseph Lacrisse saiu antes dela do apartamento azul, para atrair sobre si os agentes, se fosse seguido. No patamar, resmungou com uma careta malévola:

— Uma Wallstein sem tirar nem pôr! De muito lhe serviu ser batizada... Quem foi peixeiro sempre há de cheirar a peixe.

13

Ao cair da tarde tépida e luminosa os Jardins de Luxemburgo estavam como que banhados de uma poeira dourada. Monsieur Bergeret estava sentado, entre o senhor Denis e o senhor Goubin, no terraço, ao pé da estátua de Marguerite d'Angoulême.

— Senhores – disse ele –, vou ler-lhes um artigo que saiu esta manhã no *Figaro*. Não nomearei o autor. Creio que irão reconhecê-lo. Pois que assim quis o acaso, é de bom grado que farei esta leitura perante essa mulher admirável que professava a boa doutrina e prezava os homens de sensibilidade, e que, por se ter mostrado sábia, sincera, tolerante e compassiva, e por ter tentado arrebatar as vítimas aos algozes, assanhou contra si toda a fradaria e fez ladrarem todos os galicanos. Eles levantaram para insultá-la os moleques do colégio de Navarra e, não fosse ela irmã do rei de França, e teriam metido num saco e a lançado ao Sena. Ela possuía uma alma doce, profunda e radiante. Não sei se em vida ela teria esse ar malicioso e coquete que se vê nesse mármore de um escultor pouco conhecido: o nome dele é Lescorné. O certo é que ele pelo menos não se mostra nos pastéis secos e sinceros dos alunos de Clouet que nos deixaram o retrato dela. Acredito, antes, que o seu sorriso fosse muitas vezes velado de tristeza, e que um ricto doloroso lhe repuxasse os lábios no momento em que ela disse: "Eu suportei mais que o meu quinhão de dissabores comuns a toda criatura bem-nascida." Ela não foi feliz na sua vida privada, e viu em torno dela triunfarem os malvados, sob as ovações dos broncos e covardes. Creio que ela teria ouvido com simpatia o que vou ler, quando os seus ouvidos ainda não eram de mármore.

E monsieur Bergeret, desdobrando o seu jornal, leu o que segue:

O GABINETE

Para situar-se em toda essa questão, era mister, na origem, alguma aplicação e um certo método crítico, bem como o prazer de exercê-lo. Assim, vê-se que a luz se fez, primeiro, entre aqueles que, pela qualidade do seu espírito e pela natureza dos seus labores, estavam mais aptos que outros a se elucidarem em pesquisas intricadas. Depois disso, não se requeria mais que bom-senso e atenção. Hoje é suficiente o senso comum.

Que a massa tenha por tão longo tempo resistido à insistência da verdade é algo que não deve causar espanto: ninguém deve se espantar de coisa alguma. Para tudo há explicações. Cabe-nos descobri-las. No caso presente, não há necessidade de muita reflexão para se perceber que o público foi enganado tanto quanto podia ser, que se abusou da sua patética credulidade. A imprensa contribuiu grandemente para o sucesso da impostura. Tendo-se posto a serviço dos falsários, o grosso dos jornais publicou, sobretudo, peças falsas ou adulteradas, injúrias e inverdades. Força é reconhecer que, o mais das vezes, fazia-o para contentar o seu público e corresponder aos íntimos desejos do leitor. E é certo que a resistência à verdade vem do instinto popular.

A massa, e eu entendo por massa as pessoas incapazes de pensar por si mesmas, não compreendeu; nem podia compreender. A massa fazia do Exército uma ideia muito simples. Para ela o Exército era a parada, o desfile, a revista, as manobras, as fardas, as botas, as esporas, as dragonas, as bandeiras, os canhões. Era também a conscrição com fitas no chapéu e litros de vinho ordinário, o quartel, a ordem unida, o rancho, a sala de guarda, a cantina. Era, ainda, a iconografia nacional, as reluzentes estampas dos nossos pintores marciais que retratam uniformes tão garridos e batalhas tão festivas. Era, enfim, um símbolo de força e segurança, de glória e de heroísmo. Aqueles chefes que desfilam a cavalo, a espada em punho, entre reflexos dourados e relâmpagos de aço, ao som de música, ao rufar dos tambores, como imaginar que daí a pouco, encerrados numa sala, curvados sobre uma mesa, misturados com notórios agentes da prefeitura de polícia, manejassem raspadeiras, passassem a borracha ou espalhassem resina, rasurando ou introduzindo um nome num papel, manipulando a pena para forjar escrituras, preparando a perdição de um inocente; ou, ainda, que usassem grotescos disfarces para misteriosos encontros com o traidor que era preciso proteger?

O que, para a plebe, tirava àqueles crimes toda a verossimilhança é que eles nada tinham que lembrasse as pompas, as marchas matinais, o campo de manobras, o campo de batalha: tinham um bafio de gabinete, um bolor de portas fechadas; não tinham um ar militar. De fato, todas as práticas a que se recorreu para encobrir o erro judiciário de 1895, toda aquela papelada infame, toda aquela chicana ignóbil e indecorosa, cheira a burocracia, ao sórdido gabinete. Tudo o que quatro paredes forradas de papel verde, a mesa de carvalho, o tinteiro de porcelana cercado de esponja, o corta-papel de buxo, a botelha sobre a lareira, os arquivos, as mangas de alpaca podem sugerir em fantasias estúrdias e em pensamentos perversos a esses sedentários, a esses pobres "sentados" que um poeta decantou, a esses rabiscadores preguiçosos e intrigantes, vaidosos e servis, indolentes até no cumprimento de seus misteres infecundos, ciumentos uns dos outros e ufanos da sua função, tudo o que se pode fazer de equívoco, de falso, de pérfido e de estúpido com a ajuda de papel, tinta, maldade e de estultícia saiu de um desvão desse edifício no qual se veem esculpidos troféus d'armas e granadas fumegantes.

Os trabalhos que ali se executaram durante quatro anos para fundamentar a culpa de um condenado com as provas que se negligenciara produzir antes da condenação, e para absolver o culpado a quem tudo acusava e que acusava a si próprio, são de uma monstruosidade que ultrapassa o espírito condescendente do francês; ressalta deles uma bufoneria trágica que cai mal num país a cuja literatura repugna a confusão de gêneros. É preciso ter estudado de perto os documentos e os processos para admitir a realidade dessas intrigas e manobras de incrível inépcia e descaramento, e eu posso compreender como o público, desatento e mal-esclarecido, se tenha recusado a dar-lhes fé, mesmo depois de divulgados.

E no entanto é a pura verdade que ao fundo de um corredor de ministério, em 30 metros quadrados de assoalho encerado, alguns burocratas de quepe, uns preguiçosos e sonsos, outros trêfegos e turbulentos, com suas papeladas torpes e fraudulentas, traíram a justiça e empulharam todo um grande povo. Mas, se é verdade que esse episódio, que foi obra, sobretudo, de Mercier e dos burocratas, trouxe à luz uma moral corrupta, também revelou nobres caracteres.

Naquele mesmo gabinete havia um homem que não se parecia em nada com os demais. Tinha um espírito lúcido, aberto e refinado, um caráter elevado, uma alma paciente, extremamente humana, de uma invencível bondade. Era tido com razão como um dos oficiais mais inteligentes do Exército. E se bem que essa singularidade dos seres de essência demasiado rara pudesse ter-lhe sido prejudicial, fora ele o primeiro entre os oficiais de sua idade a alcançar o posto de tenente-coronel, e tudo lhe prometia uma brilhante carreira. Seus amigos conheciam-lhe a indulgência um pouco zombeteira e invariável generosidade. Sabiam-no dotado de sensibilidade para o belo, capaz de deixar-se tocar vivamente pela música e pela literatura, e a viver no mundo etéreo das ideias. Como todos os homens cuja vida interior é profunda e refletida, ele cultivava em solidão as suas faculdades morais e intelectuais. Essa disposição de se voltar sobre si mesmo, a sua natural simplicidade, o seu espírito de renúncia e sacrifício e aquela serena candura que persiste por vezes como uma graça nas almas mais conscientes do mal universal faziam dele um daqueles soldados que Alfred de Vigny vira ou imaginara, calmos heróis do cotidiano, que comunicam às menores tarefas que empreendem a nobreza que nelas se encontra, e para quem o cumprimento do dever rotineiro é a poesia familiar da vida.

Convocado para o Serviço de Informações, esse oficial ali descobriu um dia que Dreyfus fora condenado pelo crime de Esterhazy. Deu ciência do fato aos seus superiores. Primeiro, com brandura, depois, com intimidações, estes tentaram demovê-lo das pesquisas que, revelando a inocência de Dreyfus, revelariam os seus erros e os seus crimes. Ele sentiu que insistir seria sua perdição. Mas insistiu. Com calma reflexão, perseverante e firme, com serena coragem, prosseguiu na sua obra de justiça. Foi afastado. Enviaram-no a Gabes e até à fronteira da Tripolitânia, sob algum pretexto esfarrapado, com o intuito exclusivo de mandarem-no assassinar os bandidos árabes.

Não conseguindo matá-lo, tentaram desmoralizá-lo, destruir-lhe a honra a poder de calúnias. Com pérfidas promessas, julgaram impedi-lo de falar no processo Zola. Ele falou. Falou com a tranquilidade do justo, com a serenidade de uma alma intrépida e sem ambição. Em suas palavras, nem fraqueza nem exaltação, mas o tom de um homem que cumpre o seu dever hoje como nos outros dias, sem pensar por um momento que fazê-lo, desta vez, é um ato extraordinário de coragem. Nem ameaças nem perseguições fizeram-no hesitar um só minuto.

Alguns têm afirmado que para cumprir a sua missão, para estabelecer a inocência de um judeu e o crime de um cristão, ele deve ter tido que vencer preconceitos clericais, dominar paixões antissemitas arraigadas em seu coração desde a juventude, enquanto ele crescia na terra da Alsácia e da França que o deu ao Exército e à pátria. Mas aqueles que o conhecem sabem que não houve nada disso, que ele não cultiva fanatismos de qualquer espécie, que jamais teve pensamentos de sectário, que a sua grande inteligência o eleva acima dos ódios e das parcialidades, enfim, que ele é um espírito livre.

Essa liberdade interior, a mais preciosa de todas, os seus perseguidores não lhe conseguiram arrancar. Na prisão onde o encerraram, e cujas paredes, como disse Fernand

Gregh, formarão o pedestal da sua estátua, ele era livre, mais livre do que eles. Suas vastas leituras, seus pronunciamentos calmos e benevolentes, suas cartas repletas de ideias elevadas e serenas atestavam (eu sei disso) a independência do seu espírito. Eram eles, os seus perseguidores e os seus caluniadores, os verdadeiros prisioneiros, das suas próprias mentiras e dos seus próprios delitos. Testemunhas viram-no plácido, sorridente, indulgente, atrás das barreiras e das grades. Quando se formava o grande movimento dos espíritos, quando se organizavam os comícios que reuniam, aos milhares, eruditos, estudantes e trabalhadores, quando petições se cobriam de assinaturas para pedir, para exigir o fim de um encarceramento escandaloso, ele disse a Louis Havet, que fora visitá-lo na prisão: "Eu estou mais tranquilo que vocês." No entanto, eu acredito que ele sofria. Acredito que tenha sofrido cruelmente com tanta baixeza e perfídia, com uma tão monstruosa injustiça, com aquela epidemia de crime e de loucura, com os furores execráveis dos homens que enganavam o povo e com os furores perdoáveis da massa ignorante. Também ele viu a velha carregar com santa simplicidade o feixe de lenha para o suplício do inocente. E como não haveria de sofrer, vendo os homens piores do que supunha em sua filosofia, menos corajosos ou menos inteligentes, quando provados, do que julgam os psicólogos em seus gabinetes de trabalho? Acredito que ele sofreu no seu íntimo, no segredo da sua alma silenciosa e como que velada por um manto estoico. Mas eu teria pudor em lastimá-lo. Recearia que um murmúrio de piedade humana lhe chegasse aos ouvidos e ofendesse o justo orgulho do seu coração. Longe de lamentá-lo, eu direi que ele foi afortunado, porque, no dia repentino da prova, ele se achava pronto e não mostrou fraqueza, afortunado porque uma circunstância inesperada permitiu-lhe dar a medida da sua grande alma, afortunado porque ele demonstrou a sua retidão com heroísmo e com simplicidade, afortunado porque ele é um exemplo para os soldados e para os cidadãos. A piedade deve reservar-se para os que falharam. Ao coronel Picquart não devemos render senão admiração.

Tendo acabado a leitura, monsieur Bergeret dobrou o jornal. A estátua de Marguerite de Navarra estava toda iluminada por um clarão róseo. No poente, o céu, de uma dureza esplendorosa, se revestia, como uma armadura, de uma malha de nuvens que pareciam rubras lâminas de cobre.

14

Nessa noite, monsieur Bergeret recebeu em seu gabinete a visita do seu colega Jumage.

Alphonse Jumage e Lucien Bergeret haviam nascido no mesmo dia, à mesma hora, de duas mães amigas, para quem aquilo constituiu daí por diante um inesgotável assunto de conversa. Tinham crescido juntos. Lucien não dava a menor importância ao fato de ter entrado na vida no mesmo instante que o seu camarada. Alphonse, mais atento, tinha-o sempre presente. Acostumara-se a comparar em seu curso as duas existências simultaneamente começadas, e persuadira-se pouco a pouco de que seria justo, equitativo e salutar que os progressos de uma e outra fossem parelhos.

Observava interessado essas carreiras gêmeas, dedicadas ambas ao ensino, e confrontando a própria sorte impunha-se preocupações constantes e vãs, que turvavam a limpidez natural da sua alma. Que monsieur Bergeret fosse professor de faculdade quando ele próprio lecionava gramática num liceu suburbano era algo que Jumage não julgava conforme com o padrão de equidade que trazia impresso dentro de si. Ele era por demais correto para fazer agravo ao amigo. E quando este foi incumbido de um curso na Sorbonne, Jumage resignou-se por solidariedade.

Um efeito assaz estranho desse estudo comparado das duas existências foi que Jumage se habituou a pensar e a agir em todas as ocasiões ao revés de Bergeret. Não que não tivesse um caráter sincero e honesto, mas porque não podia impedir-se de suspeitar qualquer malignidade em sucessos profissionais maiores e melhores que os seus, e em consequência iníquos. Assim é que, por toda espécie de razões honestas que a si mesmo fornecia, e pela mais especial que tinha para ser o oposto de Bergeret e seu contraditor, engajou-se entre os nacionalistas, quando viu que o professor da faculdade tomara o partido da revisão. Inscreveu-se na liga da Agitation Française, e ali chegou a pronunciar alguns discursos. Da mesma forma colocava-se em oposição com o amigo em todos os assuntos – dos sistemas de calefação econômica às regras da gramática latina. E como monsieur Bergeret, afinal, nem sempre se enganasse, Jumage nem sempre tinha razão.

Tal antagonismo, que com o passar dos anos assumira a exatidão de um sistema racional, não alterou uma amizade formada desde a infância. Jumage interessava-se sinceramente por Bergeret nas desventuras que este enfrentava no decurso por vezes tormentoso da sua vida. A cada infortúnio de que tinha notícia, ia visitá-lo. Era o amigo das horas más.

Nessa noite, ele se chegou ao velho camarada com aquele jeito confuso e perturbado, aquela cara salpicada de alegria e de tristeza que Lucien bem conhecia.

– Como vais, Lucien? Não venho incomodar?

– Não. Eu estava lendo em *As mil e uma noites,* na nova tradução do doutor Mardrus, a história do estivador e as odaliscas. É uma versão literal, bem diferente da do nosso velho Galland.

– Eu vinha ver-te... – disse Jumage –, vinha falar-te... Mas não tem nenhuma importância... Então, lias *As mil e uma noites?*...

– Pela primeira vez – disse monsieur Bergeret. – Pois o recatado Galland não nos dá delas a menor ideia. É um excelente contista, que cuidadosamente depurou os costumes árabes.

A sua Xerazade, como a Ester de Coypel, tem os seus méritos. Mas aqui nós temos a Arábia com todos os seus perfumes.

— Eu te trazia um artigo — recomeçou Jumage. — Mas, repito, não é importante.

E tirou do bolso um jornal. Monsieur Bergeret estendeu a mão devagar para pegá-lo. Jumage tornou a enfiá-lo no bolso, monsieur Bergeret recolheu o braço, e Jumage, com a mão um pouco trêmula, pousou a folha na mesa.

— Mais uma vez, não é importante. Mas achei que seria melhor... Talvez seja bom que saibas... Tens inimigos, muitos inimigos...

— Estás a lisonjear-me! — disse monsieur Bergeret.

E apanhando o jornal leu estas linhas, marcadas com lápis azul:

> Um vulgar badameco dreyfusista, o intelectual Bergeret, que vegetava na província, acaba de ser nomeado para um curso na Sorbonne. Os estudantes da Faculdade de Letras protestam energicamente contra a designação desse protestante antifrancês. Não nos surpreende saber que um bom número deles decidiu acolhê-lo como ele merece, com vaias, a esse seboso judeu-alemão, que o ministro da traição pública tem o desplante de lhes impingir como professor.

Quando monsieur Bergeret acabou a leitura, Jumage disse vivamente:

— Não leias isso. Não vale a pena. É coisa tão pouca!

— É pouco, admito — disse monsieur Bergeret. — Ainda assim quero guardar esse pouco como um testemunho obscuro e débil, mas honroso e verdadeiro do que eu fiz em tempos difíceis. Não fiz muito. Mas, enfim, corri alguns riscos. O deão Stapfer foi suspenso por ter falado de justiça junto a uma sepultura. O senhor Bourgeois era então o grão-mestre da universidade. E nós conhecemos dias piores que os que nos proporcionou o senhor

Bourgeois. Sem a firmeza generosa dos meus superiores, eu teria sido expulso da universidade por um ministro desprovido de bom-senso. Não pensei nisso na ocasião. Mas posso pensar agora, e reclamar o prêmio dos meus atos. Ora, que recompensa pode ser mais digna, mais nobre em sua acrimônia, mais alta do que as afrontas dos inimigos da justiça? Eu teria preferido que o escriba que, sem querer, me rende esta homenagem fosse capaz de exprimir seu pensamento de uma forma mais sublime. Mas isso seria exigir demais.

Dito isto, monsieur Bergeret introduziu a lâmina do seu corta-papel de marfim entre as páginas da nova edição de *As mil e uma noites*. Ele encontrava um grande prazer em separar as folhas dos seus livros. Era um sábio que se concedia as volúpias próprias da sua condição. O austero Jumage invejava-lhe esses prazeres inocentes. Puxando-o pela manga, disse:

— Escuta, Lucien. Eu não partilho nenhuma das tuas ideias sobre o *Affaire*. Eu censurei a tua conduta. E ainda a censuro. Receio que ela possa ter as mais deploráveis consequências para o teu futuro. Os verdadeiros franceses jamais te perdoarão. Mas sinto-me obrigado a declarar que reprovo energicamente os procedimentos polêmicos que certos jornais empregam a teu respeito. Eu os condeno. Duvidas disso?

— Não, não duvido.

Depois de um momento de silêncio, Jumage continuou:

— Repara, Lucien, que estás sendo difamado em razão de tuas funções. Podes chamar o teu difamador perante o tribunal. Mas não recomendo que o faças. Ele seria absolvido.

— Isso seria de prever — disse monsieur Bergeret. — A menos que eu entrasse na sala de audiência com um chapéu de plumas, uma espada à cinta, esporas nas botas e puxando atrás de mim 20 mil *camelots* a meu serviço. Pois então a minha queixa seria ouvida pelo juiz e pelos jurados. Quando lhes foi submetida aquela carta comedida que Zola escreveu a um presidente da República despreparado para lê-la, se os jurados do Sena condenaram o autor foi porque deliberaram sob uma grita inumana, sob ameaças medonhas, numa insuportável barulheira de ferragens, em meio a todos os fantasmas do erro e da mentira. Eu não disponho de tão belicoso aparato. Portanto, é mais que provável que o meu difamador fosse absolvido.

— Mas também não podes ficar indiferente às ofensas. Que pretendes fazer?

— Nada. Dou-me por satisfeito. Os insultos da imprensa me são tão lisonjeiros quanto os elogios. A verdade tem sido servida nos jornais pelos seus inimigos tanto quanto pelos seus amigos. Quando um pequeno punhado de homens denunciou pela honra da França a condenação fraudulenta de um inocente, foram tratados como inimigos pelo governo e pela opinião pública. Mesmo assim continuaram a falar. E, pela palavra, foram eles os mais fortes. A maioria dos jornais encarniçou-se contra eles, bem sabes com que veemência! Mas, malgrado seu, serviram à verdade, e publicando peças falsas...

— Não houve tantas peças falsas quanto julgas, Lucien.

— ... deram margem a que fosse demonstrada sua falsidade, o erro desbaratado não teve como juntar os seus destroços dispersos. Ao cabo, não subsistiu senão o que tinha sequência e continuidade. A verdade possui uma força de encadeamento de que o erro não dispõe. Ante a impotência do ódio e do vitupério, ela formou uma cadeia que nada mais pôde romper. É à liberdade, à licença da imprensa que nós devemos o triunfo da nossa causa.

— Mas vocês não triunfaram — exclamou Jumage —, nem nós fomos derrotados! Muito ao contrário. A opinião do país declarou-se contra vocês. Tu e os teus amigos, lamento dizer-te, são execrados, amaldiçoados e escarnecidos unanimemente. Nós, derrotados? Estás brincando. O país inteiro está conosco.

— Ainda assim, vocês estão vencidos por dentro. Se eu me detivesse nas aparências, poderia acreditá-los vitoriosos e desesperar da justiça. Há criminosos impunes; a fraude e o falso testemunho são publicamente aprovados como atos louváveis. Eu não espero que os adversários da verdade confessem que se enganaram. Uma atitude como essa só é possível às almas mais elevadas. Não houve grandes mudanças no estado dos espíritos. A ignorância pública foi apenas arranhada. Não se produziu uma dessas bruscas e espantosas reviravoltas das massas. Nada sobreveio de notável ou de sensacional. No entanto, foi-se o tempo em que um presidente da República rebaixava ao nível da sua própria mentalidade a justiça, a honra da pátria e as alianças da nação, e em que o poder dos ministros resultava dos seus conluios com os inimigos das instituições que lhes cabia preservar; época de brutalidade e de hipocrisia, em que o desprezo à inteligência e o ódio à justiça eram, a um só tempo, uma atitude popular e uma doutrina de Estado, em que os poderes públicos protegiam os espancadores, em que era um delito gritar "Viva a República!". Esses tempos já vão longe, como que sepultados num passado distante, engolfados nas sombras das eras de barbárie. É possível que voltem: ainda não há nada de sólido a separar-nos deles, nem sequer de aparente e de distinto. Eles se desfizeram como as nuvens de equívocos que os formaram. O menor sopro pode trazer de volta essas sombras. Mas, ainda quando tudo conspirasse para fortalecê-los, vocês não estariam menos perdidos. Vocês foram vencidos por dentro, e essa derrota é irreparável. Quando se é batido de fora, pode-se continuar a resistência e esperar uma revanche. A sua ruína está em vocês mesmos. As consequências necessárias dos seus erros e crimes se produzem a despeito de vocês, e vocês veem com espanto que a queda já começou. Injustos e violentos, vocês estão sendo destruídos pela sua própria injustiça e violência. E o formidável partido da iniquidade, que se mantém intacto, respeitado e temido, logo há de desmoronar por si mesmo. Que importa pois que as sanções legais tardem ou faltem? A única justiça natural e verdadeira está nas próprias consequências do ato, não em fórmulas exteriores, com frequência estreitas, por vozes arbitrárias. Que importa que os grandes culpados escapem à lei e conservem as suas honras desprezíveis? Em nosso estágio social, isso não importa mais do que importava, na juventude da Terra, quando já os grandes sáurios dos mares primitivos se extinguiam diante de seres de uma forma mais bela e de um instinto mais perfeito, que ainda remanescessem, encalhados no lodo das praias, alguns sobreviventes monstruosos de uma raça condenada.

Deixando a casa do amigo, Jumage encontrou, em frente às grades do Luxembourg, o jovem senhor Goubin.

– Acabo de ver Bergeret – disse-lhe ele. – Ele me fez pena. Encontrei-o acabrunhado, muito abatido. O *Affaire* deixou-o arrasado.

15

Henri de Brécé, Joseph Lacrisse e Henri Léon estavam reunidos na sede do comitê executivo, à rue de Berri. Despachavam assuntos de rotina. Depois, Joseph Lacrisse dirigiu-se a Henri de Brécé:

– Meu caro presidente, vou pedir-te uma prefeitura para um bom realista. Não a recusarás, estou certo, quando eu tiver relacionado os títulos do meu candidato. O pai, Ferdinand Dellion, mestre de forjas em Valcombe, merece por todos os motivos a boa vontade do rei. É um patrão cioso do bem-estar físico e moral dos seus operários. Fornece-lhes medicamentos, cuida que vão à missa aos domingos, que mandem os filhos para as escolas congregadas, que votem bem e que não se sindicalizem. Infelizmente, ele é combatido pelo deputado Cotard, e mal apoiado pelo subprefeito de Valcombe. Seu filho

Gustave é um dos membros mais ativos e mais inteligentes do meu comitê departamental. Conduziu com energia a campanha antissemita em nossa cidade, e foi preso em Auteuil participando de uma manifestação contra Loubet. Tu não recusarás, meu caro presidente, uma prefeitura a Gustave Dellion .

— Uma prefeitura!... — murmurou Brécé, folheando o registro de funcionários. — Uma prefeitura... Só temos Guéret e Draguignan. Serve-te Guéret?

Joseph Lacrisse esboçou um sorriso e disse:

— Meu caro presidente, Gustave Dellion é meu colaborador. Sob as minhas ordens, ele levará a cabo, no dia marcado, a destituição violenta do prefeito Worms-Clavelin. Seria justo que o substituísse.

Henri de Brécé, com os olhos fixos no registro, respondeu que isso era impossível. O sucessor de Worms-Clavelin já fora escolhido. Sua Alteza designara Jacques de Cadde, um dos primeiros subscritores das listas Henry.

Lacrisse objetou que Jacques de Cadde era estranho ao departamento; Henri de Brécé declarou que não se devia questionar uma ordem do rei, e a discussão começava a tornar-se bastante acalorada quando Henri Léon, a cavalo em sua cadeira, estendeu o braço e interpôs em tom categórico:

— O sucessor de Worms-Clavelin não será nem Jacques de Cadde nem Gustave Dellion. Será Worms-Clavelin.

Lacrisse e Brécé soltaram exclamações de protesto.

— Será Worms-Clavelin — repetiu Léon. — Worms-Clavelin, que não esperará a chegada de vocês para hastear no telhado da prefeitura a bandeira das flores-de-lis, e que o ministro do Interior, nomeado pelo rei, terá mantido, pelo telefone, à testa da administração departamental.

— Worms-Clavelin prefeito da monarquia! Não posso imaginar — disse desdenhosamente Brécé.

— Será chocante, com efeito — replicou Henri Léon. — Mas, se for o cavaleiro de Clavelin a ser nomeado prefeito, nada mais haverá a dizer. Não tenhamos ilusões. Não será a nós que o rei dará os melhores lugares. A ingratidão é o primeiro dever de um príncipe. E nenhum Bourbon jamais faltou a ele. Digo-o em louvor à Casa de França. Acreditam, então, que o rei formará o seu governo com o cravo branco, o azulado e a rosa de França, que irá buscar seus ministros no Jockey e em Puteaux e que Christiani será nomeado grão-mestre de cerimônias? Ledo engano! A rosa de França, o azulado e o cravo branco serão largados por terra, nas sombras onde cresce a violeta. Christiani será posto em liberdade, nada mais. Ele será malvisto por ter puxado as barbas de Loubet. Sim, senhores!... Loubet, que para nós no presente não passa de um vil negocista, quando o tivermos derrubado será um precursor. O rei irá sentar-se em sua cadeira nas corridas de Auteuil. Há de achar, então, que Christiani criou um precedente indesejável, e não lhe agradecerá por isso. Nós próprios, que hoje conspiramos, seremos suspeitos. Conspiradores não são benquistos na corte. Isto que lhes digo é para poupar-lhes amargas decepções. Viver sem ilusões é o segredo da felicidade. De minha parte, se os meus serviços forem esquecidos e desprezados, eu não me queixarei. A política não é um assunto de sentimento. Eu sei muito bem a quanto Sua Majestade será obrigado quando nós o tivermos feito subir ao trono de seus pais. Antes de recompensar os serviços graciosos, um bom rei paga os que lhe são vendidos. Não tenham dúvida. As maiores honras e os empregos mais rendosos serão para os republicanos. Os *ralliés* por si sós fornecerão a terça parte do nosso pessoal político, e passarão antes de nós pela caixa. E será justo. Gromance, o velho realista que aderiu à república de Méline, explica a sua situação com lucidez quando nos diz: "Os senhores me fizeram perder uma cadeira no Senado. Portanto, me devem uma cadeira no pariato." E ele a terá. Afinal, ele a merece. Mas a fatia dos *ralliés* será pequena se comparada à dos fiéis republicanos que só terão traído no minuto supremo. Para esses é que irão as pastas e os galões, os títulos e as dotações. Sabem onde estão neste momento os nossos primeiros-ministros e metade dos pares de França? Não os procurem nos comitês, onde nós nos arriscamos todo dia a que nos prendam como a gatunos, nem na corte errante do nosso belo e jovem príncipe cruelmente exilado. Estão nas antecâmaras dos ministros radicais, e nos salões do Eliseu, e em todos os guichês onde a República paga. Nunca ouviram falar de Talleyrand e de Fouché? Nunca leram a história, nem mesmo nos livros do senhor Imbert de Saint-Amand?... Não foi um emigrado, foi um regicida que Luís XVIII nomeou ministro da polícia em 1815. Nosso jovem rei não é certamente tão astuto quanto Luís XVIII. Mas não devemos crer que lhe falte inteligência. Seria desrespeito, e um julgamento por demais severo. Quando for rei, ele se dará conta das suas atribuições. Todos os chefes republicanos que não forem liquidados, exilados, deportados ou incorruptíveis terão de ser recompensados. Sem o que, o partido se reagrupará contra ele, vasto e poderoso. E o próprio Méline se transformará num adversário feroz. E já que falei em Méline, dize-me tu mesmo, Brécé, o que seria mais vantajoso à realeza: que fosse o duque teu pai a presidir o pariato, ou que fosse Méline, duque de Ramiremont, príncipe dos Vosges, grã-cruz da Legião de Honra e do Mérito Agrícola, cavaleiro de Lis e de São Luís? Não há hesitação possível: o duque Méline garantiria mais partidários à coroa que o duque de Brécé. Será que não conheces o bê-á-bá das restaurações? Nós teremos os títulos e os cargos que os republicanos não quiserem. Contar-se-á com a nossa devoção gratuita. Não haverá receio de nos descontentar, na certeza de que seremos descontentes inofensivos. Ninguém jamais há de pensar que possamos fazer oposição. Bom! Quanto a isto, estarão enganados. Seremos forçados a fazê-la, e a faremos. Será vantajoso, e não será difícil. Claro que não vamos aliar-nos aos republicanos: seria de mau gosto, e a lealdade nos proíbe. Não poderemos ser menos realistas que o rei; mas podemos sê-lo mais. Sua Alteza o duque de Orléans não é um democrata, justiça lhe seja feita. Ele não se preocupa com a condição dos operários. Ele é de antes da Revolução. Mas, no fim, não importa que se apresente ao jantar em calções de seda e colete bretão, com todas as suas ordens ao pescoço, quando tiver ministros liberais, ele será liberal. Então nada nos impedirá de sermos ultras. Nós tenderemos à direita, enquanto os republicanos tenderão à esquerda. Seremos perigosos, e seremos tratados com favor. E quem diz que dessa vez não serão os ultras a salvar a monarquia? Já temos um exército de *introuvables*. O Exército é hoje mais religioso do que o próprio clero. Temos uma burguesia *introuvable*, uma burguesia antissemita, que pensa como se pensava na Idade Média. Luís XVIII não dispunha de tanto. Deem-me a Pasta do Interior e, com esses excelentes elementos, eu me encarrego de fazer durar a monarquia absoluta uma dezena de anos. Depois do que, será o socialismo. Mas dez anos já é uma bela marca.

Tendo acabado de falar, Henri Léon acendeu um cigarro. Joseph Lacrisse, ainda preso à sua ideia, pediu a Henri de Brécé que visse se não sobrara alguma boa prefeitura. Mas o presidente repetiu que não havia nada além de Guéret e Draguignan.

– Fico com Draguignan para Gustave Dellion – disse Lacrisse suspirando. – Ele não vai gostar. Mas eu lhe farei entender que será um pé no estribo.

16

A baronesa de Bonmont convidara todos os castelões titulados e todos os castelões industriais e financistas da região para uma festa de caridade que daria no dia 29 desse mês no ilustre castelo de Montil, que Bernard de Paves, grão-mestre de artilharia sob Luís XII, mandara construir em 1508 para Nicolette de Vaucelles, sua quarta esposa, e que o barão Jules comprara após o empréstimo francês de 1871. Tivera a delicadeza de não enviar nenhum convite às mansões judias, embora tivesse nestas amigos e parentes. Batizada após a morte do marido e naturalizada havia já cinco anos, era ela profundamente devotada à religião e à pátria. Tal como seu irmão Wallstein, de Viena, ela se distinguia honrosamente dos seus antigos correligionários por um antissemitismo sincero. No entanto, não era ambiciosa, e o seu pendor natural a inclinava às alegrias reservadas. Ter-se-ia contentado com uma posição modesta na nobreza cristã, se o filho não a tivesse obrigado a aparecer. Fora o pequeno barão Ernest quem a forçara a introduzir-se entre os Brécé. Fora ele quem incluíra todo o armorial da província na lista de convidados para a festa que se preparava. Fora ele quem levara a Montil, para representar na peça de teatro, a pequena duquesa de Mausac, que se dizia de linhagem suficientemente boa para poder cear entre amazonas de circo e beber com cocheiros.

O programa da festa compreendia uma representação de *Joconde* por atores da sociedade, uma quermesse no parque, uma noite veneziana no lago e fogos de artifício.

Já era o dia 17. Os preparativos se faziam com grande afobação e em extrema confusão. A pequena *troupe* ensaiava a peça na longa galeria renascentista, sob o teto cujos caixões ostentavam, em engenhosa variedade de arranjos, o pavão de Bernard de Paves ligado pelo pé ao alaúde de Nicolette de Vaucelles.

O senhor Germaine acompanhava ao piano os cantores, enquanto no parque os carpinteiros armavam com grandes marteladas os suportes das barracas. Largillière, da Opéra-Comique, era o diretor de cena.

Os dedos do senhor Germaine, despojados dos seus anéis, afora um que restava no polegar, desceram sobre o teclado:

– Lá, lá...

Mas a duquesa, pegando o copo que lhe estendia o pequeno Bonmont, disse:

— Deixe-me tomar o meu coquetel.
Feito isto, Largillière repetiu:
— Vamos, duquesa!

> Tout me seconde,
> Je l'ai prevu...

E os dedos do senhor Germaine, sem ouro nem pedrarias, exceto uma ametista no polegar, caíram de novo sobre as teclas. Mas a duquesa não cantou. Contemplava com interesse o acompanhante:

— Meu pequeno Germaine, eu te admiro. Tu desenvolveste o busto e as cadeiras! Meus parabéns! Chegaste aonde querias, palavra!... Ao passo que eu, olha só!

Ela escorregou as mãos de alto a baixo pelo vestido de flanela:

— Eu perdi tudo.

Fez meia-volta.

— Mais nada! Foi-se. E, enquanto isso, veio para ti. Não é engraçado?... Ora, não faz mal. Isso se compensa.

Entrementes, René Chartier, que interpretava Joconde, mantinha-se imóvel, o pescoço esticado como um canudo, preocupado unicamente com o veludo e as pérolas da sua voz, grave e até um pouco sombrio. Afinal se impacientou e disse secamente:

— Assim nunca estaremos prontos. É incrível!

— Recomecemos com o quarteto e vamos em frente – disse Largillière.

> Tout me seconde,
> Je l'ai prevu;
> Pauvre Joconde!
> Il est vaincu.

— Sua entrada, senhor Quatrebarbe.

O senhor Gérard Quatrebarbe era filho do arquiteto diocesano. Ele era recebido em sociedade desde quando ajudara a quebrar as vidraças do sapateiro Mayer, suposto judeu. Tinha uma bonita voz. Mas sempre entrava errado. E René Chartier lhe lançava olhares furiosos.

— A senhora não está no seu lugar, duquesa – disse Largillière.

— Ah! Não seja por isso – respondeu a duquesa.

Com azedume, René Chartier aproximou-se do pequeno Bonmont e disse-lhe ao ouvido:

— Por favor, não sirva mais coquetéis à duquesa. Ela deitará tudo a perder.

Largillière queixava-se também. Os conjuntos corais estavam confusos e não se localizavam. No entanto, já se haviam feito ouvir as três pancadas.

— Senhor Lacrisse, o senhor não está no seu lugar.

Joseph Lacrisse não estava em seu lugar. Mas convém esclarecer que não era por sua culpa. A senhora de Bonmont puxava-o a todo instante para os cantos e lhe sussurrava:

— Diz-me que ainda me amas. Se não me amasses mais, eu sinto que morreria.

Perguntava-lhe também por notícias do complô. E como o complô ia mal, ele estava irritado. Ademais, guardava-lhe ressentimento, porque ela não dera dinheiro para a causa. A passos duros foi juntar-se ao coral, enquanto René Chartier cantava com convicção:

> Dans un délire extrême,
> On veut fuir ce qu'on aime.

O pequeno Bonmont aproximou-se da mãe:

— Mamãe, não confies em Lacrisse.

Ela fez um movimento brusco. Depois falou num tom de fingida indiferença:

— O que queres dizer?... Ele é muito sério, mais sério do que são em geral os rapazes da sua idade. Ele se ocupa de coisas importantes; de...

O pequeno barão encolheu os ombros de hércules corcunda.

– Ouve o que te digo: desconfia dele. Ele quer-te filar 100 mil francos. Pediu-me para ajudá-lo a arrancar-te o cheque. Mas, até nova ordem, não vejo necessidade disso. Eu sou pelo rei, mas 100 mil francos são 100 mil francos!

René Chartier cantava:

> On devient infidèle,
> On court de belle en belle.

Um criado veio entregar uma carta à baronesa. Era dos Brécé que, forçados a partir antes do dia 29, desculpavam-se por não poderem comparecer à festa de caridade e enviavam sua contribuição.

Ela estendeu a carta ao filho, que deu um sorriso amarelo e perguntou:

– E os Courtrai?

– Desculparam-se ontem, bem como a generala Cartier de Chalmot.

– Que sacripantas!

– Teremos os Terremondre e os Gromance.

– Bolas! É obrigação deles vir à nossa casa.

Examinaram a situação. Ela era má. Terremondre não tinha, como de costume, prometido arrebanhar seus primos e tias, toda uma ninhada de arrogantes fidalgotes. Mesmo a alta burguesia industrial parecia hesitante, procurava pretextos para furtar-se. O pequeno Bonmont concluiu:

– Tua festa foi por água abaixo, mamãe! Estamos de quarentena. Não há que duvidar.

A estas palavras a doce Elisabeth afligiu-se. Seu belo rosto, perpetuamente inundado por um sorriso amoroso, anuviou-se.

No outro extremo da sala, acima do zum-zum reinante, ouviu-se a voz de Largillière:

— Não é assim!... Desse jeito, nunca estaremos prontos.

— Estás ouvindo? – disse a baronesa. – Ele diz que não estaremos prontos. E se adiássemos a festa, já que nada vai dar certo?

— Como tu és frouxa, mamãe!... Não te censuro. É a tua natureza. Tu és um miosótis, e sempre serás. Mas eu sou talhado para a luta. Eu sou forte. Tenho o pé na cova, mas...

— Meu filho....

— Não sintas pena. Eu tenho o pé na cova, mas lutarei até o fim.

A voz de René Chartier jorrava como uma fonte cristalina:

> On pense, on pense encore
> A celle qu'on adore,
> Et l'on revient toujours
> A ses premières a...

De chofre o acompanhamento parou e fez-se um grande tumulto. O senhor Germaine perseguia a duquesa que, tendo apanhado de sobre o piano os anéis do acompanhador, fugia com eles. Ela refugiou-se na chaminé monumental onde, sob a ardósia cor de prata, viam-se esculpidos os amores das ninfas e as metamorfoses dos deuses. E mostrando uma pequena saliência no seu corpete:

— Estão aqui os teus anéis, minha velha Germaine. Vem buscá-los. Toma!... aqui estão, para pegá-los, as pinças de Luís XIII.

E fez tinir debaixo do nariz do músico um par de enormes tenazes.

René Chartier, revirando os olhos furiosos, jogou sua partitura em cima do piano e declarou que abandonava o papel.

— Não creio que venham tampouco os Luzancourt – disse a baronesa ao filho, suspirando.

— Nem tudo está perdido. Eu tenho uma ideia – disse o barãozinho. – É preciso saber fazer um sacrifício quando necessário. Não digas nada a Lacrisse.

— Não dizer nada a Lacrisse!

— Nada de sério... e deixa por minha conta.

Ele a deixou e aproximou-se do grupo agitado dos coristas. À duquesa, que lhe pedia mais um coquetel, respondeu suavemente:

— Não me amoles.

Depois foi sentar-se ao lado de Joseph Lacrisse, que meditava afastado dos outros, e falou-lhe algum tempo em voz baixa. Tinha um ar grave e resoluto.

— É bem verdade — disse ele ao secretário do comitê da Juventude Realista. — Tens toda a razão. Urge derrubar a República e salvar a França. E para isso é preciso dinheiro. Minha mãe é da mesma opinião. Ela está disposta a adiantar uma contribuição de 50 mil francos para a caixa do rei, para as despesas de propaganda.

Joseph Lacrisse agradeceu em nome do rei.

— Sua Alteza ficará feliz — disse ele — em saber que a tua mãe junta a sua oferenda patriótica às das três damas francesas que mostraram uma tão nobre generosidade. Podes estar certo — acrescentou — de que ele testemunhará a sua gratidão por uma carta de próprio punho.

— Não vale a pena falar nisso — disse o jovem Bonmont.

E após uma curta pausa:

— Meu caro Lacrisse, quando estiveres com os Brécé e com os Courtrai, dize-lhes que venham à nossa festinha.

17

Era o primeiro dia do ano. Pelas ruas cobertas de lama fresca, entre duas chuvaradas, monsieur Bergeret e sua filha Pauline iam levar os seus votos a uma tia materna, que vivia ainda, mas em retiro e precariamente, e que ocupava à rue Rousselet um pequeno alojamento de beguina, dando para um pomar, aonde chegava o som dos sinos do convento. Pauline estava contente sem motivo, somente porque esses dias festivos que marcam o curso do tempo lhe tornavam mais sensíveis os encantadores progressos da sua juventude.

Monsieur Bergeret guardava nesse dia solene a sua complacência costumeira, sem esperar grande bem dos homens e da vida, mas consciente, como o senhor Fagon, de que há muito que perdoar à natureza. Ao longo dos caminhos, os mendigos, eretos ou estatelados, serviam de ornamento ao feriado. Tinham vindo todos enfeitar os quarteirões burgueses, os nossos pobres, pedintes, lazeirentos, languinhentos e escanzelados, tinhosos, achacosos, estrumosos, estrapilhos, sórdidos rebotalhos. Mas, acompanhando a descaracterização universal e conformando-se à mediocridade geral dos costumes, estes não exibiam, como nos tempos do grande Coësre, deformidades repulsivas ou chagas horripilantes. Não envolviam em ataduras sangrentas os membros mutilados. Eram simples, não simulavam mais que mazelas suportáveis. Um deles seguiu monsieur Bergeret bastante tempo, coxeando, mais ainda assim com passo ágil. Depois parou e voltou a transformar-se em poste à beira do passeio.

Ao que monsieur Bergeret disse à filha:

— Acabo de cometer uma má ação: dei uma esmola. Dando 2 *sous* a Clopinel, experimentei a vergonhosa alegria de humilhar um semelhante, consenti no pacto odioso que confirma o forte em seu poder e o fraco em sua fraqueza, selei com meu selo a antiga iniquidade, contribuí para que esse homem tenha apenas meia alma.

— Fizeste tudo isso, *papa*? — perguntou Pauline, incrédula.

— Quase tudo — respondeu monsieur Bergeret. — Vendi ao meu irmão Clopinel a minha fraternidade a falso peso. Humilhei-me ao humilhá-lo. Pois a esmola envilece igualmente quem a recebe e quem a dá. Eu agi mal.

— Não acho — disse Pauline.

— Não achas – respondeu monsieur Bergeret – porque não tens filosofia, e não sabes tirar de um ato aparentemente inocente as infinitas consequências que ele traz em si. Esse Clopinel me induziu à esmola. Não pude resistir ao incômodo da sua voz queixosa. Senti pena do seu pescoço escanifrado e nu, dos seus joelhos que as calças, deformadas pelo longo uso, tornam tristemente semelhantes aos joelhos de um camelo, dos seus pés calçados em sapatos que abrem os bicos como um par de patos. Sedutor! Perigoso Clopinel! Inefável Clopinel! Por tua culpa, o meu *sou* produziu um pouco de baixeza, um pouco de vergonha. Por tua culpa, eu produzi com um *sou* uma parcela de mal e fealdade. Ao transferir-te esse pequeno símbolo de riqueza e de poder, fiz-te capitalista com ironia e convidado sem honra ao banquete da sociedade, ao festim da civilização. E naquele instante mesmo eu me senti um poderoso deste mundo, em relação a ti, um rico em tua presença, meu gentil Clopinel, pedinte sutil, adulador! Eu me regozijei, eu me orgulhei, comprazi-me na minha opulência e na minha grandeza. *Pulcher hymnus divitiarum pauper immortalis.* Execrável prática da esmola! Bárbara caridade! Erro antigo do burguês que dá um *sou* pensando praticar o bem, e acredita ficar quite com os seus irmãos por meio desse ato, o mais mesquinho, o mais grotesco, o mais inepto, o mais desatinado, o mais estéril de quantos possam ser praticados com vistas a uma melhor partição das riquezas. O hábito da esmola é contrário à beneficência e repugna à compaixão.

— É mesmo? – perguntou Pauline com boa vontade.

— A esmola – prosseguiu monsieur Bergeret – está tão longe da beneficência quanto a careta de um macaco do sorriso da Gioconda. A beneficência é engenhosa, tanto quanto a esmola é desastrada. É exatamente o que eu não faço em relação ao meu irmão Clopinel. O simples nome, beneficência, despertava as ideias mais caritativas nos espíritos sensíveis, no século dos filósofos. Acreditou-se que esse nome tivesse sido criado pelo bom abade de Saint-Pierre. Mas ele é mais antigo, e já se encontra no velho Balzac. Confesso que não vejo na palavra sua beleza primitiva: ela foi deturpada pelos fariseus, que abusaram do seu uso. Existe em nossa sociedade um sem-número de entidades de beneficência: montepios, associações de previdência, de segurança mútua. Algumas são úteis e prestam bons serviços. O seu vício comum é procederem da injustiça social que se destinam a corrigir, e serem remédios poluídos. A beneficência universal é que cada um viva do seu trabalho e não do trabalho alheio. Fora do intercâmbio e da solidariedade, tudo é vil, vergonhoso, infecundo. A caridade humana é o concurso de todos na produção e na partilha dos frutos. Ela é justiça, ela é amor, e os pobres a exercem melhor que os ricos. Que ricos praticaram jamais tão plenamente quanto Epicteto ou quanto Benoît Malon a caridade do gênero humano? A verdadeira caridade é a doação de cada um, é a bondade nobre, é o gesto harmonioso da alma que se inclina como um vaso cheio de nardo precioso e derrama benefícios; é Miguel Ângelo pintando a Capela Sistina, ou os deputados da Assembleia Nacional na noite do 4 de agosto; é a dádiva distribuída em sua plenitude radiosa, o dinheiro circulando juntamente com o amor e o pensamento. Nós nada temos de nosso além das nossas próprias pessoas. Só dá verdadeiramente quem dá o próprio trabalho, a própria alma, o próprio gênio. E a excelsa oferenda de si mesmo a toda a humanidade tanto enriquece o doador quanto a comunidade.

— Mas – objetou Pauline – tu não podias dar amor ou beleza a Clopinel. Tu lhe deste o que lhe era de maior serventia.

— É verdade que Clopinel transformou-se num bruto. De todos os bens que podem favorecer um homem, o único que ele preza é o álcool, a julgar pelo bafo de aguardente que senti quando ele me acercou. Mas, se ele é o que é, foi por obra nossa. O nosso orgulho foi seu pai, a nossa iniquidade, sua mãe. Ele é o fruto mau dos nossos vícios. Na sociedade, cada qual deve dar e receber. Se esse homem não dá muita coisa, é, sem dúvida, porque não recebeu o bastante.

— Talvez seja um preguiçoso — disse Pauline. — O que podemos fazer, meu Deus, para que não haja mais pobres, fracos e preguiçosos? Também tu acreditas que os homens são naturalmente bons e que é a sociedade que os torna maus?

— Não, eu não acredito que os homens sejam bons por natureza — respondeu monsieur Bergeret. — Vejo, antes, que eles se libertam pouco a pouco, a duras penas, da barbárie original, e que com grande esforço organizam uma bondade incerta e uma justiça precária. Ainda está longe o tempo em que serão afáveis e benignos uns com os outros. Ainda está longe o tempo em que não mais farão a guerra entre si, em que os quadros representando batalhas serão escondidos como imagens de uma cena imoral e vergonhosa. Acredito que o reinado da violência durará por muito tempo ainda, que por muito tempo os povos hão de entredilacerar-se por motivos fúteis, que por muito tempo os cidadãos de uma mesma nação arrebatarão furiosamente uns aos outros os bens necessários à vida, em vez de os dividirem equitativamente. Mas acredito também que os homens são menos ferozes quando são menos miseráveis, que os progressos da indústria determinarão, com o tempo, um certo abrandamento dos costumes. Já ouvi de um botânico que o pilriteiro, transportado de um solo seco para uma terra fértil, transforma os seus espinhos em flores.

— Estás vendo? Tu és um otimista, papai! Eu bem sabia disso — exclamou Pauline, parando no meio da calçada para fixar no pai por um momento os seus olhos cinza-aurora, cheios de luz suave e de frescor matinal. — Tu és um otimista. Trabalhas com empenho para erguer o edifício do futuro. Isto é muito bom! É belo construir com os homens de boa vontade a nova República.

Monsieur Bergeret sorriu àquelas palavras de esperança e àqueles olhos de alvorada.

— Sim — disse ele —, seria belo fundar a nova sociedade, em que cada um receberia o preço do seu trabalho.

— E esse dia há de chegar, não é mesmo?... Mas quando? – perguntou Pauline com candura.

Ao que monsieur Bergeret respondeu suavemente, com um toque de tristeza:

— Não me peças que seja profeta, minha filha. Não era sem razão que os antigos consideravam o poder de prever o futuro como o dom mais funesto que um homem possa receber. Se nos fosse possível ver o que virá, só nos restaria morrer, e talvez caíssemos fulminados de dor ou de espanto. O futuro, cumpre urdir como os tecelões de lissa vertical urdem suas tapeçarias, sem vê-lo.

Assim iam conversando e caminhando pai e filha. À altura do pequeno jardim da rue de Sevres encontraram um mendigo firmemente postado no meio do passeio.

— Não tenho mais dinheiro – disse monsieur Bergeret. – Tens uma moeda de 10 *sous* para me dar, Pauline? Esse braço esticado fecha-me o caminho. Se estivéssemos na Place de la Concorde, ele me barraria a praça. A mão estendida de um miserável é uma barreira que eu não sou capaz de transpor. É uma fraqueza que eu não consigo vencer. Dá a esse infeliz. É perdoável. Não se deve exagerar o mal que se faz.

— Papai, estou ansiosa por saber o que farás de Clopinel em tua república. Decerto, não imaginas que ele vá viver do fruto do seu trabalho.

— Minha filha – respondeu monsieur Bergeret –, eu acredito que ele consentirá em desaparecer. Já está bastante minguado. A preguiça, o gosto pelo descanso, o predispõem ao desvanecimento final. Ele retornará ao nada com facilidade.

— A mim me parece, ao contrário, que ele está bem contente de viver.

— É verdade que tem suas alegrias. Sem dúvida, encontra prazer em engolir o vitríolo do balcão. Ele desaparecerá com o último boliche. Não haverá comércio de vinho na minha república. Não haverá mais vendedores nem compradores. Não haverá mais ricos nem pobres. E cada um gozará os frutos do seu trabalho.

— Seremos todos felizes, pai.

— Não. A santa compaixão, que faz a beleza das almas, pereceria se desaparecesse o sofrimento. Isto não sucederá. A dor moral como a dor física, incessantemente combatidas, partilharão eternamente com a alegria e a felicidade o império da Terra, tão certo quanto as noites se seguem aos dias. O mal é necessário. Como o bem, ele tem as suas fontes profundas na própria natureza, e um não poderia ser extinto sem o outro. Nós não somos felizes senão porque somos infelizes. O sofrimento é irmão da alegria, e os seus alentos gêmeos, passando pelas nossas cordas, fazem-nos ressoar harmoniosamente. Sozinho, o bafejo da felicidade produziria um som monótono e fastidioso, que equivaleria ao silêncio. Contudo, aos males inevitáveis, a esses males a um tempo vulgares e solenes, que resultam da condição humana, não serão acrescidos os males fabricados, que resultam da nossa condição social. Os homens não serão mais aleijados por um trabalho iníquo que é mais um meio de morte que de vida. O escravo deixará o calabouço, a usina não mais devorará corpos aos milhões. Essa libertação, eu a espero da própria máquina. A máquina, que triturou tantos homens, virá em auxílio, docemente, generosamente, da frágil carne humana. A máquina, a princípio cruel e dura, há de tornar-se boa, amiga, prestativa. Como mudará ela a sua índole? Escuta. A centelha que salta da botelha de Leyde, a diminuta estrela sutil que se revelou, no último século, ao físico deslumbrado, realizará esse prodígio. O desconhecido que se deixou vencer sem se deixar conhecer, a força misteriosa e cativa, o impalpável captado pelas nossas mãos, o raio domesticado, engarrafado e derramado pelos incontáveis fios que cobrirão a terra com a sua malha, a eletricidade, levará a sua força, a sua ajuda, a toda parte onde preciso for, às casas, aos quartos, ao lar onde o pai, a mãe e as crianças não serão mais apartados. Não é um sonho. A máquina selvagem, que esmaga nas fábricas as carnes e as almas, tornar-se-á doméstica, íntima, familiar. Mas de nada valerá, não, de nada valerá que as engrenagens, as polias, as bielas, os mancais, as manivelas, os volantes se humanizem, se os homens conservarem um coração de ferro. Nós esperamos, invocamos, uma mudança ainda mais maravilhosa. Dia virá em que o patrão, elevando-se em grandeza moral, se tornará um operário entre operários libertos, em que não haverá mais salário, mas troca de bens. A alta indústria, como a velha nobreza que ela substituiu e que ela imita, fará a sua noite de 4 de agosto. Ela abrirá mão dos lucros disputados e dos privilégios ameaçados. Ela será generosa quando sentir que é tempo de sê-lo. O que diz hoje o patrão? Que é ele a alma e o cérebro, que sem ele o seu exército de obreiros seria como um corpo privado de inteligência. Pois bem, se ele é a cabeça, que se contente com essa honra e essa satisfação! Por ser a alma e o cérebro, deve ele empanturrar-se de riqueza? Quando o grande Donatello fundia com os seus companheiros uma estátua de bronze, era ele a alma da obra. A paga que recebia do rei ou dos cidadãos, ele guardava num cesto que era içado por uma polia a uma viga do ateliê. Cada companheiro a seu turno desatava a corda e tomava do cesto segundo a sua precisão. Já não é privilégio bastante produzir com a inteligência? Deve esta vantagem dispensar o mestre de ofício de partilhar o seu ganho com seus humildes colaboradores? Na minha república não haverá mais lucros nem salários, e tudo será de todos.

— Isto é o coletivismo, papai – disse Pauline com tranquilidade.

— Os bens mais preciosos – tornou monsieur Bergeret – são comuns a todos os homens, sempre foram. O ar e a luz pertencem em comum a tudo que respira e que vê a claridade do dia. Após as disputas seculares do egoísmo e da avareza, a despeito dos esforços violentos de indivíduos para se apossarem de tesouros e guardá-los para si, os bens individuais que desfrutam os mais ricos dentre nós são ainda pouca coisa comparados com aqueles que pertencem indistintamente a todos os homens. Não vês que, mesmo na nossa sociedade, os bens mais belos e mais preciosos, rios, caminhos, florestas outrora reais, museus, bibliotecas, pertencem a todos? Nenhum rico é mais dono do que eu de um velho carvalho de Fontainebleau ou de uma pintura do Louvre. E eles são mais meus que do rico se eu souber gozá-los melhor. A propriedade coletiva, que se teme como a um monstro distante, já nos envolve sob mil formas familiares. Ela causa pavor quando é anunciada, e no entanto nós já nos beneficiamos com algumas das vantagens que ela proporciona. Os positivistas que se reúnem na casa de Augusto Comte em torno do venerado senhor Pierre Laffitte não se apressam em tornar-se socialistas. Mas um deles fez a observação judiciosa de que a propriedade é de origem social. E nada é mais verdadeiro, já que toda propriedade, adquirida por um esforço individual, não pôde nascer e subsistir senão pelo concurso da comunidade inteira. E já que a propriedade privada é de fundo social, não será desmerecer sua fonte nem corromper sua essência estendê-la à coletividade e confiá-la ao Estado, do qual ela necessariamente depende. E o que é o Estado?...

A senhorita Bergeret apressou-se a responder a esta pergunta:

– O Estado, pai, é um senhor de aspecto desenxabido e lastimável, sentado atrás de um guichê. Deves compreender que ninguém se inclina a despojar-se por ele.

– Eu compreendo – respondeu monsieur Bergeret sorrindo. – Sempre me esforcei por compreender, e perdi nisso energias preciosas. Tardiamente eu descubro que é uma grande força não compreender. Às vezes ela permite conquistar o mundo. Se Napoleão tivesse sido tão inteligente quanto Spinoza, teria escrito quatro volumes numa mansarda. Eu compreendo. Mas a esse cavalheiro desenxabido e lastimável sentado por trás de um guichê tu confias as tuas cartas, Pauline, que não confiarias à Agência Tricoche. Ele administra uma parte dos teus bens, e não a menos vasta, nem a menos preciosa. Tu vês nele uma fisionomia taciturna. Mas quando ele for tudo, ele não será mais nada. Ou melhor, não será mais do que nós. Anulado pela sua universalidade, ele deixará de parecer entediante. Não é possível ser mau, minha filha, quando não se é mais ninguém. O que ele tem de exasperante no presente é que ele corrói a propriedade privada, que vai escalavrando e carcomendo, mordendo pouco dos gordos e muito dos magros. Isto o torna insuportável. Ele é voraz. Tem apetites. Na minha república, ele será isento de desejos, como os deuses. Terá tudo e não terá nada. Nós não lhe sentiremos a presença, pois ele será conforme nós, indistinto de nós. Será como se não existisse. E quando te parece que eu sacrifico os particulares ao Estado, a vida a uma abstração, pelo contrário, é a abstração que eu subordino à realidade, é o Estado que eu suprimo ao identificá-lo com toda a atividade social. Mesmo que essa república não devesse existir nunca, eu me felicitaria por ter acariciado a ideia dela. É permitido edificar em Utopia. O próprio Augusto Comte, que se gabava de nada construir senão sobre os dados da ciência positiva, incluiu Campanella no rol dos grandes homens. Em todos os tempos, os sonhos dos filósofos suscitaram homens de ação, que meteram mãos à obra para realizá-los. É o nosso pensamento que cria o futuro. Os homens de Estado trabalham sobre planos que nós deixamos depois da nossa morte. São os nossos pedreiros e serventes. Não, minha filha, eu não construo em Utopia. Meu sonho, que não pertence a mim, mas que é neste mesmo instante o sonho de milhares e milhares de almas, é verdadeiro e profético. Toda sociedade cujos órgãos não correspondem mais às funções para as quais foram criados, e cujos membros não são alimentados na razão do trabalho útil que produzem, acaba por morrer. Perturbações profundas, desordens íntimas, precedem e anunciam o seu fim. A sociedade feudal era solidamente constituída. Quando o clero deixou de representar o saber e a nobreza de defender pela espada o trabalhador e o artesão, quando essas duas ordens não foram mais que membros tumefeitos e perniciosos, o corpo inteiro pereceu: uma revolução imprevista e inevitável aniquilou o doente. Quem sustentará que na sociedade atual os órgãos correspondem às funções, ou que todos os membros são nutridos na proporção do trabalho útil que produzem? Quem sustentará que a riqueza é justamente repartida? Quem, enfim, pode crer na duração da injustiça?

– E como lhe pôr termo, papai? Como mudar o mundo?

– Pela palavra, minha filha. Nada é mais poderoso que a palavra. O entrelaçamento das razões bem fundadas, das ideias elevadas, forma uma cadeia que nada pode romper. A palavra, como a funda de Davi, abate os fortes, derruba os violentos. É a arma invencível. Não fora isso, o mundo pertenceria aos brutos armados. Quem se lhes opõe? Só, desarmado e nu, o pensamento. Eu sei que não verei a cidade nova. Todas as mudanças da ordem social, tal como as da ordem natural, são lentas e quase imperceptíveis. Um geólogo de grande percepção, Charles Lyell, demonstrou que os vestígios espantosos da Era Glacial, os enormes rochedos arrastados para os vales, a flora das regiões frias e os animais peludos que sucederam a flora e a fauna dos climas tropicais, todos esses sinais de cataclismos são, em realidade, o efeito de ações múltiplas e prolongadas, e que essas grandes modificações, processadas com a clemente lentidão das forças naturais, não foram nem mesmo suspeitadas pelas incontáveis gerações de seres animados que a elas assistiram. Também as transformações sociais se operam insensível e incessantemente. O homem tímido receia, como se a um cataclismo futuro, uma mudança começada antes do seu nascimento, que se opera sob os seus olhos sem que ele a veja, e que não se tornará perceptível antes de decorrido um século.

18

O senhor Félix Panneton subia a pé, devagar, a avenue des Champs Elysées. Caminhando em direção do Arco do Triunfo, ele calculava as chances da sua candidatura ao Senado. Ela ainda não fora lançada. E o senhor Panneton pensava como Bonaparte: "Agir, calcular, agir..." Duas listas já se ofereciam aos eleitores do departamento. Os quatro senadores com mandatos expirados – Laprat-Teulet, Goby, Mannequin e Ledru – se reapresentavam. Os nacionalistas compareciam com o conde de Brécé, o coronel Despauteres, o senhor Lerond, ex-magistrado, e o açougueiro Lafolie.

Era difícil saber qual das duas listas levaria a melhor. Os senadores egressos recomendavam-se às pacatas populações do departamento por um longo uso do Poder Legislativo, e como guardiães das tradições simultaneamente liberais e autoritárias que remontavam à fundação da República e se ligavam ao nome legendário de Gambetta. Recomendavam-se por serviços prestados com discernimento e por abundantes promessas. Tinham um eleitorado numeroso e disciplinado. Esses homens públicos, contemporâneos das grandes épocas, conservavam-se fiéis à sua doutrina com uma firmeza que abrilhantava os sacrifícios que faziam às exigências da opinião, sob o império das circunstâncias. Antigos oportunistas, chamavam a si mesmos radicais. Por ocasião do *Affaire*, todos os quatro haviam dado testemunho do seu profundo respeito pelos conselhos de guerra, e em um deles esse respeito era mesclado de emoção. O antigo advogado Goby não reprimia as lágrimas ao falar da Justiça militar. O decano, republicano da idade heroica, homem das grandes lutas, Laprat-Teulet, expressava-se sobre o Exército nacional em termos tão ternos e comovidos que em outros tempos se teria julgado tal linguagem mais aplicável a uma desprotegida órfãzinha do que a uma instituição amparada em tantos homens e em tantos milhões. Os quatro senadores haviam votado a Lei do Desaforamento e manifestado, no Conselho Geral, a recomendação de que o governo adotasse medidas rigorosas para deter a agitação revisionista. Eram os *dreyfusards* do departamento. E como não havia outros, eram furiosamente combatidos pelos nacionalistas. Censurava-se Mannequin por ser cunhado de um conselheiro da Corte de Cassação. Quanto a Laprat-Teulet, cabeça da lista, recebia invectivas e cusparadas que salpicavam a lista inteira. Já passara por um processo arquivado, e era verdade que fizera negociatas. Trazia-se à baila o tempo em que, comprometido no Panamá, sob ameaça de um mandado de prisão, ele deixara crescer uma barba branca que o tornava respeitável, e se fazia conduzir numa caleça modesta pela esposa piedosa e pela filha vestida como uma beguina. Nessa exibição de humildade e santidade, passava todos os dias sob os olmos da Alameda e, um pobre paralítico, deixava-se ficar exposto ao sol, a riscar a terra com a ponta da bengala e, com seu espírito manhoso, a preparar a sua defesa. O arquivamento a tornara desnecessária. Ele se emendara desde então. Mas o furor nacionalista encarniçava-se contra ele! Ele era um *panamiste,* faziam dele um *dreyfusard.* "Esse homem", dizia consigo Ledru, "vai pôr a lista a perder." Deu parte das suas inquietações a Worms-Clavelin:

— Não se poderia, senhor prefeito, fazer compreender a Laprat-Teulet, que prestou assinalados serviços à República e ao país, que já é hora de recolher-se à vida privada?

O prefeito respondeu que era preciso pensar duas vezes antes de decapitar a lista republicana.

Entrementes, o jornal *La Croix,* introduzido no departamento pela senhora Worms-Clavelin, movia uma campanha atroz contra os senadores egressos. Apoiava a lista dos nacionalistas, que fora habilmente formada. O senhor de Brécé congregava os realistas, bastante numerosos no departamento. O senhor Lerond, antigo magistrado, advogado das congregações, tinha o favor do clero. O coronel Despautères, em si mesmo um velhote obscuro, representava a honra das Forças Armadas: havia tecido loas aos falsários e promovera a subscrição em favor da viúva do coronel Henry. O açougueiro Lafolie agradava aos operários meio caipiras dos subúrbios. Começava-se a acreditar que a lista Brécé obteria mais de duzentos votos e poderia vencer. O senhor Worms-Clavelin não estava tranquilo. E a sua inquietação atingiu o auge quando *La Croix* publicou o manifesto dos candidatos nacionalistas. Nele o presidente da República era ultrajado, o Senado chamado de galinheiro e pocilga, o gabinete qualificado de ministério da traição. "Se essa gente ganha, eu pulo fora", pensava o prefeito. E disse suavemente à mulher:

— Fizeste mal, minha querida, em favorecer a difusão do *La Croix* no departamento.

Ao que a senhora Worms-Clavelin respondeu:

— Que queres? Como judia, eu era obrigada a exagerar os sentimentos católicos, e isto já nos serviu de muito até agora.

— Sem dúvida – replicou o prefeito. – Mas talvez tenhamos ido um pouco longe demais.

O secretário da prefeitura, o senhor Lacarelle, cuja semelhança notória com Vercingétorix o predispunha ao nacionalismo, fazia previsões favoráveis à lista Brécé. O senhor Worms-Clavelin, mergulhado em cogitações sombrias, esquecia seus charutos, mascados e fumegantes, sobre os braços das cadeiras.

Foi então que o senhor Félix Panneton foi procurá-lo. O senhor Félix, irmão mais moço de Panneton de La Barge, estava entre os fornecedores dos militares. Não seria possível suspeitá-lo de não favorecer o Exército que ele calçava e toucava. Ele era nacionalista. Mas era um nacionalista governamental. Era nacionalista com o senhor Loubet e com o senhor Waldeck-Rousseau. Não fazia segredo disso, e quando lhe diziam ser tal coisa impossível, respondia:

— Não é impossível; nem mesmo difícil. Faltava apenas ter a ideia.

Panneton, nacionalista, permanecia governista. "É sempre tempo de deixar de sê-lo", pensava ele. "E todos os que se indispuseram cedo demais com o governo tiveram motivos para arrepender-se. É preciso levar em conta que um governo já por terra pode ter tempo ainda de atingir-nos com um pontapé e nos quebrar os dentes." Essa consideração vinha do seu bom-senso e do fato de ser ele fornecedor, às ordens do Ministério. Ele era ambicioso, mas esforçava-se por satisfazer sua ambição sem que isso nada custasse aos seus negócios ou aos seus prazeres, que eram os quadros e as mulheres. De resto, muito ativo, estava sempre entre a sua fábrica e Paris, onde tinha três ou quatro domicílios.

Ocorrendo-lhe um dia encaixar a sua candidatura entre os radicais e os nacionalistas puros, ele foi procurar o prefeito Worms-Clavelin, e disse-lhe:

– O que tenho a lhe propor, senhor prefeito, não pode deixar de agradar-lhe. Antecipadamente, estou certo do seu assentimento. O senhor deseja o sucesso da lista Laprat-Teulet. É o seu dever. Quanto a isso, respeito os seus sentimentos, mas não posso compartilhá-los. O senhor teme o sucesso da lista Brécé. Nada mais legítimo. Por este lado eu lhe posso ser útil. Formo com três dos meus amigos uma lista de candidatos nacionalistas. O departamento é nacionalista, mas moderado. Meu programa será nacionalista e republicano. Eu terei contra mim as congregações. Mas terei por mim o bispado. Não me combata. Observe em relação a mim uma neutralidade benevolente. Eu não tirarei muitos votos à lista Laprat; tirarei, isto sim, um bom número à lista Brécé. Não lhe escondo que espero ganhar no terceiro turno. Mas será ainda uma vitória para o senhor, pois os violentos estarão liquidados.

O senhor Worms-Clavelin respondeu:

– Senhor Panneton, o senhor conta de há muito com as minhas simpatias pessoais. Eu lhe agradeço a interessante comunicação que teve a gentileza de fazer-me. Refletirei a respeito e agirei conforme os interesses do Partido Republicano, esforçando-me por atender às intenções do governo.

Ofereceu um charuto ao senhor Panneton, depois perguntou-lhe amigavelmente se ele chegava de Paris, e se vira a nova peça das *Varietés*. Esta pergunta ele fazia porque sabia que Panneton sustentava uma atriz do teatro. Félix Panneton era tido como grande apreciador das mulheres. Era um cinquentão gordo, moreno, calvo, com a cabeça enterrada nos ombros, feio, mas passava por espirituoso.

Alguns dias após a sua entrevista com o prefeito Worms-Clavelin, ele subia uma vez mais a Champs-Elysées, pensando na sua candidatura, que se anunciava promissora, e que cumpria lançar o mais cedo possível. Mas, no momento de publicar a lista que ele devia encabeçar, um dos candidatos, o senhor de Terremondre, tirara o corpo fora. O senhor de Terremondre era por demais moderado para separar-se dos violentos. Voltara a eles ao ouvir redobrarem os seus clamores. "Eu já esperava!", pensou Panneton. "O mal não é grave. Ponho Gromance no lugar de Terremondre. Gromance há de servir. Gromance é proprietário. Não há um só hectare de suas terras que não esteja hipotecado. Mas isto não vai prejudicá-lo senão no seu distrito. Ele está em Paris. Vou procurá-lo."

A essa altura das suas cogitações e do seu passeio ele viu aproximar-se a senhora de Gromance num casaco de *vison* que lhe descia quase até os pés. Sob a pele espessa, ela se conservava esbelta e delicada. Ele a achou deliciosa assim.

— Encantado de vê-la, cara senhora. Como vai o senhor de Gromance?

— Ora... bem.

Quando lhe perguntavam por notícias do marido, ela sempre receava alguma ironia de mau gosto.

— Permite-me acompanhá-la alguns passos, madame? Quero falar-lhe de algumas coisas sérias... para começar.

— Fale.

— O seu casaco lhe dá um ar bravio, o jeito de uma pequena e encantadora selvagem...

— São estas as coisas sérias que...

— Já chegarei lá. É necessário que o senhor de Gromance apresente sua candidatura ao Senado. O interesse do país assim o exige. O senhor de Gromance é nacionalista, não é verdade?

Ela o encarou com ligeira indignação.

— Não um intelectual, por certo!

— Mas republicano?

— Meu Deus, sim! Eu lhe explico. Ele é realista... Portanto, o senhor compreende...

— Ah! cara senhora, são estes os melhores republicanos. Nós inscrevemos o nome do senhor de Gromance em bom lugar na nossa lista de nacionalistas republicanos.

— E acredita que Dieudonné possa ganhar?

— Sim, acredito, madame. Temos por nós o episcopado e muitos eleitores senatoriais que, nacionalistas de convicção e de sentimento, estão presos ao governo por suas funções ou por seus interesses. E, no caso de um revés, que não deixará de ser honroso, o senhor de Gromance poderá contar com o reconhecimento da administração e do governo. Vou dizer-lhe em grande segredo: Worms-Clavelin está conosco.

— Nesse caso, não vejo inconveniente em que Dieudonné...

— Está segura de que ele aceitará?

— Fale-lhe o senhor mesmo.

— É só a senhora que ele escuta.

— Acha?...

— Tenho certeza.

— Pois estamos entendidos.

— Mas não, não estamos entendidos. Há detalhes muito delicados que não se podem acertar assim, na rua... Venha ver-me. Eu lhe mostrarei os meus Baudouins. Venha amanhã.

E soprou-lhe o endereço ao ouvido, o número de uma rua deserta e acolhedora no Quartier de l'Europe. Era ali que, a uma distância recatada do seu apartamento legal e espaçoso da Champs-Elysées, ele tinha um pequeno palacete, que pertencera a um pintor mundano.

— Então o caso é urgente?

— Se é urgente! Pense, minha cara senhora, que nos restam menos de três semanas para fazermos nossa campanha eleitoral, e que Brécé vem trabalhando o departamento há seis meses.

— Mas é mesmo necessário que eu vá ver os seus...?

— Os meus Baudouins... É indispensável.

— Acha mesmo?

— Escute e julgue por si mesma, minha cara senhora. O nome do seu marido goza de um certo prestígio, não nego, entre as populações rurais, principalmente nos cantões em que ele é pouco conhecido. Mas eu não posso ocultar-lhe que, quando propus introduzi-lo em nossa lista, surgiram resistências. Elas ainda subsistem. É preciso que a senhora me dê forças para vencê-las. Eu preciso colher na sua... na sua amizade essa vontade irresistível que... Enfim, eu sinto que, se a senhora não me conceder toda a sua simpatia, eu não terei a energia necessária para...

— Mas não fica muito bem que eu vá ver os seus...

— Ora! Em Paris!...

— Se eu for, será apenas pela pátria e pelo Exército. É preciso salvar a França.

— É o que eu penso.

— Dê minhas lembranças à senhora Panneton.

— Sem falta, cara senhora. Até amanhã.

19

Havia no pequeno palacete do senhor Félix Panneton uma peça espaçosa que servira anteriormente de ateliê ao pintor, e que o novo proprietário mobiliara com a magnificência de um grande amador de curiosidades e a sabedoria de um exímio conhecedor de mulheres. Ali o senhor Panneton dispusera com arte, numa ordem determinada, canapés, sofás e divãs de formas diversas.

À entrada, o olhar, passeando da direita para a esquerda, encontrava, primeiro, um pequeno canapé de seda azul, cujos braços em pescoço de cisne lembravam os tempos em que Bonaparte em Paris, como outrora Tibério em Roma, restaurara os costumes; em seguida, um outro canapé, menos estreito, em estofo de Beauvais, com encosto de tapeçaria; depois, uma duquesa em três partes, guarnecida de seda; depois, um pequeno sofá de madeira em estilo capuchinho, forrado com tapeçaria de ponto turco; depois, um grande sofá de madeira dourada, coberto de veludo carmesim adamascado, com coxim parelho, proveniente da senhorita Damours; depois, um divã amplo e baixo, de estofamento muito fofo, em cetim ponçó. Mais além não havia mais que uma pilha cambaleante de fofas almofadas sobre um divã oriental, muito baixo, que banhado de uma sombra rósea ficava contíguo ao quarto dos Baudouins, à esquerda.

Como da porta se abarcavam num só golpe de vista todos esses assentos, cada visitante feminina podia escolher aquele que conviesse melhor ao seu caráter moral e ao seu presente estado de espírito. Panneton, desde o início, observava as suas novas amigas, espreitava-lhes os olhares, empenhava-se em adivinhar-lhes as preferências e tomava o cuidado de não fazê-las sentar senão onde desejassem. As mais pudicas iam direto ao pequeno canapé azul e pousavam a mão enluvada no pescoço de cisne. Havia até uma poltrona de veludo de Gênova e madeira dourada, trono outrora de uma duquesa de Módena e de Parma, que era para as orgulhosas. As parisienses sentavam-se tranquilamente no canapé de *beauvais*. As princesas estrangeiras caminhavam de ordinário para algum dos sofás. Graças a essa disposição judiciosa dos móveis de conversação Panneton sabia de imediato o que lhe restava fazer. Ficava assim em condições de observar todas as conveniências, prevenindo-se de transições por demais bruscas na sucessão necessária de suas atitudes, bem como poupando à visitante e a si mesmo escalas longas e inúteis entre as formalidades da porta e a vista dos Baudouins. Sua ação ganhava dessa forma uma segurança e uma proficiência dignas de admiração.

A senhora de Gromance mostrou de pronto um tato pelo qual Panneton lhe foi reconhecido. Sem um olhar sequer ao trono de Módena e de Parma, e deixando à sua direita o pescoço de cisne consular, sentou-se no *beauvais* florido, como uma parisiense. Clotilde vegetara na pequena nobreza rural do departamento, espairecendo um pouco com jovens insignificantes e mal-educados. Mas o sentido da vida lhe chegara. Os embaraços financeiros haviam-lhe estimulado bastante a inteligência, e ela começava a compreender os deveres sociais. Panneton não lhe desagradava de todo. Aquele homem calvo, de cabelos muito negros colados às têmporas, grandes olhos saltados das órbitas e um ar de amoroso apoplético dava-lhe uma certa vontade de rir e contentava a necessidade do cômico que ela sentia no amor. Sem dúvida, ela teria preferido um rapagão bonito, mas era dada à alegria fácil, inclinava-se ao divertimento que um homem proporciona por gracejos um tanto pesados e por uma certa fealdade. Após um momento de enfado bem natural, ela sentiu que a coisa não seria tão horrível, nem mesmo por demais aborrecida.

Tudo correu bem. A transferência do *beauvais* à duquesa e da duquesa ao grande sofá se fez convenientemente. Julgou-se dispensável parar nos coxins orientais e passou-se ao quarto dos Baudouins.

Quando Clotilde se lembrou de olhá-los, o quarto estava, como os quadros do pintor erótico, coberto de vestes femininas e finas peças de *lingerie.*

– Ah! aí estão os seus Baudouins. São dois...
– Isso mesmo.

Ele possuía *O Jardineiro Galante* e *A Aljava Esgotada,* dois pequenos guaches, por cada um dos quais pagara 60 mil francos na Galeria Godard, mas que lhe saíam ainda bem mais caros pelo uso que deles fazia.

Ele examinava com olhos de conhecedor, muito calmo agora e mesmo um pouco melancólico, aquela figura de mulher, esguia, elegante, sinuosa, e gozava, em achá-la bonita, uma certa satisfação de amor-próprio que se tornava mais viva à medida que ela revestia, peça por peça, com as roupas, o seu caráter social.

Ela perguntou qual era a lista de candidatos.

— Panneton, industrial; Dieudonné de Gromance, proprietário; doutor Fornerol; Mulot, explorador.

— Mulot?

— O filho. Ele fazia dívidas em Paris. Mulot pai despachou-o para uma volta ao mundo. Désiré Mulot, explorador. É excelente termos um candidato explorador. Os eleitores esperam que ele abra novos mercados para os seus produtos. E, sobretudo, eles se sentem importantes.

A senhora de Gromance tornara-se uma mulher séria. Quis conhecer a proclamação aos eleitores senatoriais. Ele fez-lhe um resumo e recitou as passagens que sabia de cor.

— Primeiro, nós prometemos a pacificação. Brécé e os nacionalistas puros não insistiram suficientemente na pacificação. Em seguida, nós fulminamos o partido sem nome.

Ela perguntou:

— O que é o partido sem nome?

— Para nós, é o dos nossos adversários. Para os nossos adversários, o nosso. Não há equívoco possível... Fulminamos os traidores, os vendidos. Combatemos o poder do dinheiro. Isto é muito útil para a pequena nobreza arruinada. Inimigos de toda reação, repudiamos a política dos aventureiros. A França quer, resolutamente, a paz. Mas no dia em que desembainhar a espada... etc. etc. A Pátria pousa o seu olhar com orgulho e carinho no seu glorioso Exército nacional... Teremos que mudar um pouco esta frase.

— Por quê?

— Porque ela está literalmente nos outros dois manifestos eleitorais, no dos nacionalistas e no dos inimigos do Exército.

— Mas o senhor me promete que Dieudonné será eleito.

— Dieudonné ou Goby.

— Como?... Dieudonné ou Goby? Se a certeza não vai além disso, deveria ter-me prevenido. Dieudonné ou Goby!... Do modo como fala, dir-se-ia que é a mesma coisa.

— Não é a mesma coisa. Mas em ambos os casos Brécé leva a breca...

— Sabe, Brécé é nosso amigo.

— E meu também!... Mas nos dois casos, eu lhe digo, Brécé leva a breca com a sua lista, e o senhor de Gromance, contribuindo para o seu fracasso, terá feito jus ao reconhecimento do prefeito e do governo. Depois das eleições, qualquer que seja o resultado, a senhora voltará para ver os meus Baudouins, e eu farei do seu marido... o que a senhora quiser que ele seja.

— Embaixador.

No escrutínio de 28 de janeiro a lista dos nacionalistas – conde de Brécé; coronel Despautères; Lerond, ex-magistrado; Lafolie, açougueiro – obteve cem votos em média. A lista dos republicanos progressistas – Félix Panneton, industrial; Dieudonné de Gromance, proprietário; Mulot, explorador; doutor Fornerol – obteve 130 votos em média. Laprat-Teulet, comprometido no Panamá, não reuniu em torno do seu nome mais de 120 sufrágios. Os três outros senadores egressos, republicanos radicais, tiveram duzentos votos em média.

No segundo turno do escrutínio, Laprat-Teulet caiu para sessenta votos.

No terceiro turno, Goby, Mannequin e Ledru, senadores egressos radicais, e Félix Panneton, republicano progressista, foram eleitos.

20

— Veja esse espetáculo – disse, sobre os degraus do Trocadéro, monsieur Bergeret ao senhor Goubin, seu discípulo, que limpava as lentes do lornhão. – Olhe: domos, minaretes, flechas, campanários, torres, frontões, telhados de colmo, de ardósia, de vidro, de telha, de faianças coloridas, de madeira, de couro de animais, terraços italianos e mouriscos, palácios, templos, pagodes, quiosques, barracas, cabanas, tendas, castelos d'água, castelo de fogo, contrastes e harmonias de todas as habitações humanas, esplendor do trabalho, maravilhosos engenhos da indústria, diversão descomunal do gênio moderno, que plantou aqui as artes e ofícios do universo.

– Acha – perguntou o senhor Goubin – que a França tirará proveito dessa imensa Exposição?

– Poderá colher grandes vantagens – respondeu monsieur Bergeret –, com a condição de não fazer dela objeto de um orgulho estéril e hostil. Isto aqui não é senão a decoração e o envoltório. O estudo do que está dentro permitirá considerar mais de perto o intercâmbio e a circulação dos produtos, o consumo a justo preço, o aumento do trabalho e do salário, a emancipação do operário. E não lhe dá gosto, senhor Goubin, um dos primeiros benefícios da Exposição Mundial? Veja que, para começar, ela pôs em debandada Jean Coq e Jean Mouton.* Onde estão Jean Coq e Jean Mouton? Ninguém os vê nem os ouve. Antes era só quem se via. Jean Coq ia à frente, a cabeça levantada e pisando duro. Jean Mouton ia atrás, gordo e crespo. A cidade inteira ressoava com os seus cocoricós e com os seus mé-mé-mé; pois eles eram eloquentes. Um dia, neste inverno, eu ouvi Jean Coq, que dizia: "É preciso fazer a guerra. O governo tornou-a inevitável pela sua covardia." E Jean Mouton respondia: "Eu gostaria muito de uma guerra naval." "Certo", dizia Jean Coq, "uma naumaquia calharia bem com a exaltação do nacionalismo. Mas não podemos fazer a guerra em terra e no mar? Quem nos impede?" "Ninguém", respondeu Jean Mouton. "Gostaria de ver alguém tentar nos impedir! Mas, primeiro, é preciso liquidar com os traidores e os vendidos, os judeus e os franco-maçons. É necessário." "É o que eu também penso", disse Jean Coq, "e não partirei para a guerra enquanto o

---

* João Galo e João Carneiro.

solo nacional não for expurgado de todos os nossos inimigos."
Jean Coq é vivo, Jean Mouton é manso. Mas ambos sabem bem demais como se retemperam as energias nacionais para não se esforçarem, por todos os meios possíveis, em proporcionar ao seu país os benefícios da guerra civil e da guerra externa. Jean Coq e Jean Mouton são republicanos. Jean Coq vota em todas as eleições no candidato imperialista e Jean Mouton no candidato realista; mas são ambos republicanos plebiscitários, não imaginando nada melhor, para consolidar o governo da sua escolha, que entregá-lo aos riscos de um sufrágio confuso e tumultuoso. No que se mostram muito hábeis. Com efeito, se alguém tem uma casa, é vantajoso jogá-la nos dados contra um monte de feno, pois, desse modo, arrisca ganhar a própria casa, com o que terá dado um grande passo. Jean Coq não é devoto e Jean Mouton não é clerical, embora não seja livre-pensador, mas ambos veneram e prezam a fradaria que se enriquece vendendo milagres e que imprime jornais sediciosos, insultuosos e caluniadores. E todos sabem como essa fradaria pulula no país e o devora! Jean Coq e Jean Mouton são patriotas. O senhor acredita sê-lo também, e sente-se ligado ao seu país pelas forças invencíveis e ternas do sentimento e da razão. Mas está enganado, e se deseja viver em paz com o mundo, o senhor é um cúmplice do estrangeiro. Jean Coq e Jean Mouton lhe provarão isso atacando-o a golpes de porrete e lançando o seu grito de guerra: "A França para os franceses!" E será bem feito para o senhor. "A França para os franceses" é o lema de Jean Coq e Jean Mouton; e como é evidente que essas palavras dão exata conta da situação de um grande povo em meio aos outros povos, exprimem as condições necessárias à sua vida, a lei universal do intercâmbio, o comércio das ideias e produtos, como, enfim, elas encerram uma filosofia profunda e uma ampla doutrina econômica, Jean Coq e Jean Mouton, para assegurar que a França seja dos franceses, tinham resolvido fechá-la aos estrangeiros, estendendo assim, num golpe de gênio, às pessoas o que o senhor Méline só aplicara aos produtos da agricultura e da indústria,

para maiores lucros de um pequeno número de proprietários fundiários. E essa ideia concebida por Jean Coq, de interditar o solo nacional aos homens de nações estrangeiras, impôs-se por sua nobreza feroz à admiração de uma grande leva de pequeno-burgueses e botequineiros. Jean Coq e Jean Mouton não têm maldade. É com inocência que eles são os inimigos da espécie humana. Jean Coq tem mais ardor, Jean Mouton mais melancolia; mas são ambos simples e acreditam no que diz o seu jornal. Nisso é que ressalta a sua ingenuidade. Pois o que diz o seu jornal não é fácil de acreditar. Eu vos invoco, impostores célebres, falsários de todos os tempos, mentirosos insignes, enganadores ilustres, artesãos famosos de ficções, de erros e ilusões; a vós cujas fraudes veneráveis enriqueceram a literatura profana e a literatura sacra de tantos livros supostos, autores de obras apócrifas gregas, latinas, romanas, siríacas e calreias que por tanto tempo burlaram os ignorantes e os doutos, falso Pitágoras, falso Hermes Trismegisto, falso Sanconiáton, redatores falazes das poesias órficas e dos Livros Sibilinos, falso Enoque, falso Esdras, pseudo-Clemente e pseudo-Timóteo; e a vós, senhores abades que, para assegurar-vos a posse das vossas terras e dos vossos privilégios, forjastes sob Luís XI as cartas de Clotário e Dagoberto; e a vós, doutores em direito canônico que apoiastes as pretensões da Santa Sé fundados numa pilha de sacras decretais que vós mesmos tínheis composto; e a vós, fabricantes em grosso de memórias históricas, Soulavie, Courchamps, Touchard-Lafosse, falso Weber, falso Bourrienne; a vós, falsos verdugos e falsos policiais que escrevestes sordidamente as *Memórias* de Samson e as *Memórias* do senhor Claude; e a ti, Vrain-Lucas, que com tua mão poderias traçar uma carta de Maria Madalena e um bilhete de Vercingétorix, eu te invoco; eu vos invoco, a vós cuja vida inteira foi uma obra de simulação, falsos Smerdis, falsos Neros, falsas Donzelas de Orleães que enganastes os próprios irmãos de Joana d'Arc, falso Demétrio, falso Martin Guerre e falsos duques de Normandia; eu vos invoco, fabricantes de prestígios, fazedores de milagres pelos quais as multidões foram iludidas, Simão o Mago, Apolônio de Tiane, Cagliostro, conde de Saint-Germain; eu vos invoco, viajantes que, voltando de longe, tivestes todas as facilidades de mentir e as usastes plenamente, a vós que nos dissestes ter visto os ciclopes e os lestrigões, a montanha de ímã, a ave Roc e o peixe-bispo; e a ti, Jean de Mandeville, que encontraste na Ásia diabos cuspindo fogo; e a vós, sublimes fazedores de contos, de fábulas e farsas, ó Mãe Coruja, ó Till Eulenspiegel, ó barão de Münchhausen!; e a vós, espanhóis cavaleirosos e picarescos, grandes fanfarrões, eu vos invoco; invoco o vosso testemunho de que, todos juntos, vós não acumulastes tantas mentiras, em uma longa sequência de séculos, quantas reúne num só dia um só dos jornais que leem Jean Coq e Jean Mouton. Depois disso, como estranhar que eles tenham tantos fantasmas na cabeça?

21

Implicado no inquérito que envolveu os autores do complô contra a República, Joseph Lacrisse tratou de pôr em segurança a sua pessoa e os seus papéis. O comissário de polícia encarregado de apreender a correspondência do comitê realista era homem suficientemente vivido para prevenir os senhores membros do comitê antecipadamente da sua visita. Avisou-os com 24 horas de antecedência, conciliando assim a sua cortesia com a legítima cautela de bem conduzir os seus negócios, pois acreditava, em consonância com a opinião geral, que o Ministério republicano seria em breve derrubado, e substituído por um Ministério Méline ou Ribot. Quando ele se apresentou na sede do comitê, todos os arquivos e gavetas estavam vazios. O magistrado lacrou-os devidamente. Lacrou igualmente um

Bottin de 1897, o catálogo de um construtor de automóveis, uma luva de esgrima e um pacote de cigarros, que se encontravam sobre o mármore da lareira. Deste modo, cumpriu os trâmites legais, no que se mostrou digno de encômios: os trâmites legais devem ser sempre cumpridos. Seu nome era Jonquille. Era um magistrado distinto e homem de espírito. Na sua mocidade, havia composto músicas para cafés-concerto. Uma de suas obras, *As baratas no pão*, obteve grande sucesso nos Champs-Elysées, em 1885.

Depois do susto provocado por um processo inesperado, Joseph Lacrisse tranquilizou-se. Bem depressa percebeu que sob o regime vigente era menos arriscado conspirar do que fora sob o Primeiro Império ou sob a realeza legítima, e que a Terceira República não era sanguinária. Passou a admirá-la menos, mas experimentou um grande alívio. Só a senhora de Bonmont considerou-o uma vítima. Amou-o ainda mais, pois era generosa, e testemunhava-lhe o seu amor com lágrimas, soluços e espasmos, de sorte que passaram os dois em Bruxelas 15 dias inesquecíveis. Foi este todo o seu exílio. Ele beneficiou-se de uma das primeiras sentenças de arquivamento proferidas pela Corte Suprema. Não vejo nisso razão de crítica, e se de mim dependesse a Corte Suprema, não teria condenado ninguém. Pois, já que não se atreviam a processar todos os culpados, não era muito elegante condenar somente aqueles que menos receio inspiravam, e condená-los por fatos que não eram, ou pelo menos não pareciam, suficientemente distintos de fatos pelos quais já haviam sido processados. E, afinal, que num complô militar só fossem implicados civis, podia parecer estranho.

Ao que pessoas muito respeitáveis me têm respondido:

– A gente se defende como pode.

Joseph Lacrisse não perdera nada da sua energia. Estava pronto a reatar os fios rompidos da trama, mas logo teve de reconhecer que isso era impossível. Se bem que, em sua maior parte, os comissários de polícia que haviam recebido mandados de busca tivessem agido em relação aos prevenidos realistas com a mesma delicadeza que o senhor Jonquille, a malícia do acaso ou a imprudência dos conspiradores fez cair-lhes nas mãos, malgrado seu, documentação suficiente para revelar ao procurador da República a organização íntima dos comitês. Não se podia mais conspirar em segurança, e estava perdida toda a esperança de ver o rei voltar com as andorinhas.

A senhora de Bonmont vendeu os seis cavalos brancos que tinha comprado com a intenção de oferecê-los ao príncipe para a entrada em Paris pelo Champs-Elysées. A conselho do seu irmão Wallstein, cedeu-os ao senhor Gilbert, diretor do Circo Nacional do Trocadéro. Não teve o desgosto de vendê-los com prejuízo. Chegou mesmo a obter um pequeno lucro no negócio. No entanto, seus belos olhos choraram quando os seis cavalos brancos como lírios deixaram a sua cavalariça para não mais voltar. Pareceu-lhe que eles encabeçariam o funeral da realeza, que deveriam conduzir em triunfo.

Entrementes a Suprema Corte, que instruíra o processo com curiosidade limitada, reunia-se em sessões prolongadas.

Um dia, na casa da senhora de Bonmont, o jovem Lacrisse deu-se a satisfação natural de maldizer os juízes que o haviam absolvido, mas que retinham alguns dos acusados.

– Bandidos! – vociferou.

– Ah! – suspirou a senhora de Bonmont. – O Senado está a soldo do Ministério. Nós temos um governo horrível. O senhor Méline é que não havia de abrir esse abominável processo. O senhor Méline era um republicano, mas era um homem correto. Se tivesse continuado ministro, o rei estaria hoje na França.

– Ai! O rei hoje está longe – disse Henri Léon, que nunca tivera grandes ilusões.

Joseph Lacrisse sacudiu a cabeça. Seguiu-se um longo silêncio.

– Talvez seja um bem para ti – acrescentou Henri Léon.

– Como dizes?

— Digo que, de certo modo, é na verdade uma vantagem para ti, Lacrisse, que o rei permaneça no exílio. E que devias estar mesmo encantado, à parte os teus sentimentos patrióticos, naturalmente.

— Não compreendo.

— No entanto é bem simples. Se fosses um financista como eu, a monarquia poderia ser-te proveitosa. Haveria o empréstimo da sagração... O rei teria feito um empréstimo pouco depois da sua assunção, pois precisaria de dinheiro para reinar, o nosso caro príncipe. Para mim haveria uma boa fatia nesse negócio. Mas tu, um advogado, que terias a ganhar com a restauração? Uma prefeitura? Grande coisa! Podes ter coisa bem melhor como realista na República. Sabes falar muito bem... Não protestes. Sabes falar com fluência, com elegância. És um dos 25 ou trinta membros da nova geração de causídicos que o nacionalismo pôs em evidência. Podes acreditar-me, não estou a lisonjear-te. Um homem da palavra só tem a ganhar caso o rei não volte. Com Felipe no Eliseu, te imporiam o dever de administrar, de governar. É um ofício que desgasta depressa. Se defendes os interesses do povo, descontentas o rei, e ele te expulsa. Se és devotado ao rei, o público murmura, e o rei te destitui. Ele comete erros, tu também, e tu és castigado pelos teus e pelos dele. Popular ou impopular, acabas por dar-te mal, fatalmente. Mas enquanto o príncipe está no exílio tu não tens como cometer erros. Não podes fazer nada: não tens responsabilidades. É uma situação ideal. Não tens a temer nem a popularidade nem a impopularidade: estás a cavaleiro de ambas. Não tens como ser desastrado: nenhum desazo é possível ao defensor de uma causa perdida. O advogado do fracasso é sempre eloquente. Em uma República pode-se ser realista sem perigo quando não se tem esperança. Faz-se ao poder uma oposição serena; é-se liberal; tem-se a simpatia de todos os inimigos do regime existente e a simpatia do governo que se combate sem prejudicar. Servidor da monarquia decaída, a veneração com que te ajoelhares aos pés do teu rei realçará a nobreza do teu caráter, e tu poderás sem servilismo derramar sobre ele todas as lisonjas. Poderás, outrossim, sem inconveniente algum, repreender o príncipe, falar-lhe com franqueza rude, reprovar-lhe as alianças, as abdicações, os conselheiros íntimos, dizer-lhe, por exemplo: "Alteza, eu vos advirto respeitosamente que estais a envolver-vos com a canalha." Os jornais registrarão as tuas nobres palavras. O teu renome de fidelidade se engrandecerá, e tu dominarás o teu partido com a elevação da tua alma. Advogado, deputado, poderás exibir na tribuna do Palais os mais nobres gestos; serás o incorruptível... E os ministros do Senhor te protegerão. Lacrisse, não sabes a sorte que tens.

Lacrisse replicou secamente:

— Pode ser engraçado o que dizes, Léon; mas eu não acho graça. E essa espécie de brincadeira não me parece muito oportuna.

— Mas eu não estou brincando.

— Sim, estás. És um cético. E eu tenho horror ao ceticismo. É a negação da ação. Quanto a mim, sou pela ação, sempre e apesar de tudo.

Henri Léon protestou:

— Garanto-te que falo sério.

— Pois então, meu caro amigo, lamento dizer-te que não tens a menor noção do espírito da nossa época. Acabas de esboçar um boneco ao estilo Berryer, que teria o ar de um retrato de família na parede. Talvez alguém pudesse achar um certo encanto no teu realista sob o Segundo Império. Mas asseguro-te que hoje em dia ele pareceria obsoleto, tremendamente arcaico. O cortesão do malogro seria simplesmente ridículo no século XX. O que importa é não ser batido. Os fracos nunca têm razão. Esta é a nossa moral, meu caro. Acaso somos nós pela Polônia, pela Grécia ou pela Finlândia? Não, senhor! Nessas canoas não embarcamos. Não somos trouxas!... É verdade que gritamos vivas aos boêres. Mas sabíamos o que fazíamos. Era para espicaçar o governo, criando-lhe dificuldades com a Inglaterra, e também porque esperávamos que os boêres fossem vitoriosos. Aliás, eu não perdi as esperanças. Ainda creio que haveremos de derrubar a República, com a ajuda dos republicanos. O que não pudermos fazer sozinhos faremos junto com os nacionalistas de todos os matizes. Com eles, havemos de dar cabo do mostrengo. E, para começar, temos que trabalhar as eleições municipais.

22

Joseph Lacrisse era, como afirmava, um homem de ação. A ociosidade lhe pesava. Secretário de um comitê realista que não mais agia, entrou para um comitê nacionalista que agia muito. O espírito dominante era violento. Respirava-se ali um amor odiento pela França, um patriotismo exterminador. Organizavam-se manifestações belicosas, que tinham lugar em teatros e igrejas. Joseph Lacrisse assumiu a frente dessas manifestações. Quando elas se realizavam numa igreja, a senhora de Bonmont, que era piedosa, comparecia em trajes escuros. *Domus mea domus orationis.* Um dia, tendo-se juntado aos nacionalistas na catedral para ruidosas devoções, a senhora de Bonmont e Lacrisse misturaram-se, na Place du Parvis, a um grupo que extravasava seu patriotismo com gritos frenéticos e concertados. Lacrisse uniu a sua voz à da turba, e a senhora de Bonmont encorajou os ânimos com os sorrisos úmidos dos seus olhos azuis e dos seus lábios rubros, que brilhavam sob o veuzinho.

O clamor foi formidável e portentoso. Ele engrossava ainda quando, por uma ordem da prefeitura, uma esquadra de guardiões da ordem marchou contra os manifestantes. Lacrisse viu-a chegar sem abalar-se, e quando os agentes estavam ao alcance da sua voz, gritou: "Viva a polícia!"

Esse entusiasmo não era isento de prudência, mas era sincero. Laços de cordialidade haviam-se estabelecido entre as brigadas da prefeitura e os manifestantes nacionalistas nos tempos saudosos, se assim se pode dizer, do ministro lavrador, que deixava os beleguins esbordoarem nas ruas os republicanos silenciosos. Era o que ele chamava agir com moderação! Ó, doces costumes campesinos! Ó, simplicidade primitiva! Ó, dias felizes! Quem não vos conheceu, não viveu! Ó, candura do aldeão que dizia: "A República não tem inimigos. Onde estão os conspiradores realistas e os frades sediciosos? Eles não existem." Ele os escondera a todos sob a sua longa casaca domingueira. Joseph Lacrisse não esquecera aqueles tempos ditosos. E, fundado na antiga aliança entre os agitadores e os agentes, aclamava as brigadas negras. À primeira leva de malsins, agitando o chapéu na ponta da bengala em sinal de paz, ele gritou vinte vezes: "Viva a polícia!" Mas os tempos eram outros. Indiferente àquela acolhida amigável, surda àquelas saudações aliciantes, a polícia atacou. O choque foi rude. O bando nacionalista vacilou e cedeu. Justa desforra do destino, Lacrisse, que parara de salvar e se cobrira diante dos atacantes, teve o chapéu amarrotado por um murro. Indignado com a afronta, quebrou a bengala na cabeça de um esbirro. E, não fosse pelos esforços dos amigos que o desvencilharam, teria sido conduzido ao posto e passado maus bocados, como um socialista.

O agente, que tivera a cabeça partida, foi levado ao hospital, onde recebeu do senhor prefeito de polícia uma medalha de prata. Joseph Lacrisse foi designado pelo comitê nacionalista do Quartier des Grandes-Écuries como candidato às eleições municipais de 6 de maio.

Era o antigo comitê do senhor Collinard, conservador derrotado nas eleições precedentes, e que dessa vez não concorria. O presidente do comitê, o senhor Bonnaud, salsicheiro, empenhou-se em fazer triunfar a candidatura de Joseph Lacrisse. O conselheiro egresso, Raimondin, republicano radical, pretendia a renovação do seu mandato. Mas perdera a confiança dos eleitores. Descontentara a todo mundo e negligenciara os interesses do bairro. Não conseguira nem mesmo uma linha de bondes, reclamada havia 12 anos, e acusavam-no de certas complacências para com os *dreyfusards*. O bairro era excelente. Os criados domésticos eram todos nacionalistas, e os comerciantes julgavam severamente o Ministério Waldeck-Millerand. Havia judeus; mas eram antissemitas. As congregações, numerosas e ricas, dariam o seu apoio. Podia-se contar notadamente com os padres que tinham aberto a capela de Saint-Antoine. O sucesso era certo. Seria preciso apenas que o senhor Lacrisse não se declarasse expressa e abertamente realista, em atenção ao pequeno comércio, que receava uma mudança de regime, sobretudo durante a Exposição.

Lacrisse resistiu. Era um realista, e não queria saber de esconder no bolso a sua bandeira. O senhor Bonnaud insistiu. Conhecia o eleitor. Sabia que era uma presa esquiva, e conhecia as maneiras de apanhá-la. Que o senhor Lacrisse se apresentasse como nacionalista e Bonnaud garantia a eleição. Senão, nada feito.

Joseph Lacrisse ficou indeciso. Pensou em escrever ao rei. Mas o tempo urgia. Aliás, seria o príncipe, a distância, um bom juiz dos seus próprios interesses? Lacrisse consultou os amigos.

– Nossa força está nos nossos princípios – respondeu-lhe Henri Léon. – Um monarquista não se pode dizer republicano, mesmo durante a Exposição. Mas ninguém te pede que te declares republicano, meu caro Lacrisse. Nem mesmo que te declares republicano progressista ou republicano liberal, o que é muito diferente de ser republicano. Pedem-te que te declares nacionalista. Podes fazê-lo de cabeça erguida, pois és nacionalista Não há que hesitar. O êxito depende disso, e é do interesse da causa que sejas eleito.

Joseph Lacrisse cedeu por patriotismo. E escreveu ao príncipe para expor-lhe a situação e protestar o seu devotamento.

Os itens da plataforma foram fixados sem dificuldade. Defender o Exército nacional contra um bando de lunáticos. Combater o cosmopolitismo. Defender os direitos dos pais de família violados pelo projeto do governo sobre o estágio universitário. Conjurar o perigo coletivista. Ligar por uma linha de bondes o Quartier des Grandes-Écuries à Exposição. Reabilitar a bandeira da França. Melhorar o serviço de águas.

Com a questão do plebiscito não houve problema. Não se sabia o que era aquilo no Quartier des Grandes-Écuries. Joseph Lacrisse não precisou passar pelo embaraço de conciliar a sua doutrina, que era a do direito divino, com a doutrina plebiscitária. Ele prezava e admirava Déroulède. Mas não o seguia cegamente.

— Mandarei fazer cartazes tricolores – disse a Bonnaud. – Serão de um belo efeito. Não devemos desprezar nada que possa impressionar os espíritos.

Bonnaud aprovou. Mas o conselheiro egresso, Raimondin, tendo conseguido à última hora o estabelecimento de uma linha de bondes a vapor unindo as Grandes-Écuries ao Trocadéro, divulgou ruidosamente o feliz sucesso. Em suas circulares, ele enaltecia e celebrava as maravilhas da Exposição como o triunfo do gênio industrial e comercial da França e a glória de Paris. Tornou-se um concorrente temível.

Sentindo que a luta seria acirrada, os nacionalistas se encarniçaram. Em inúmeros comícios, acusaram Raimondin de ter deixado morrer de fome a sua velha mãe e votado a subscrição municipal para o livro de Urbain Gohier. Todas as noites fulminavam Raimondin como candidato dos judeus e dos negociantes. Um grupo de republicanos progressistas formou-se para apoiar a candidatura de Joseph Lacrisse e expediu a seguinte circular:

Senhores Eleitores,

A grave conjuntura que atravessamos impõe-nos o dever de pedir contas aos candidatos às eleições municipais da sua posição em face da política geral, da qual depende o futuro do país. No momento em que alguns desvairados têm a pretensão criminosa de promover uma agitação malsã de modo a debilitar a nossa pátria; no momento em que o coletivismo, audaciosamente instalado no poder, ameaça os nossos bens, frutos sagrados do trabalho e da poupança; no momento em que um governo estabelecido contra a opinião pública prepara leis tirânicas, votem todos em

M. Joseph Lacrisse
ADVOGADO NA CORTE DE APELAÇÃO
Candidato da liberdade de consciência e da
República honesta

Os socialistas nacionalistas do distrito haviam pensado de início em designar um candidato próprio, cujos votos, no segundo turno, seriam transferidos a Lacrisse. Mas o perigo iminente impôs a união. Os socialistas nacionalistas das Grandes-Écuries aderiram à candidatura de Lacrisse e lançaram um apelo aos eleitores:

Cidadãos,

Nós lhes recomendamos a candidatura nitidamente republicana, socialista e nacionalista do cidadão Lacrisse.
Abaixo os traidores! Abaixo os *dreyfusards*! Abaixo os corruptos! Abaixo os judeus! Viva a república social-nacionalista!

Os padres, que possuíam no bairro uma capela e vastas propriedades, abstiveram-se de intervir numa questão eleitoral. Eram por demais submissos ao soberano pontífice para lhe infringirem as determinações; e a condução das obras pias os mantinha afastados do século. Mas os seus adeptos leigos exprimiram oportunamente, numa circular, a posição dos bons religiosos. Eis o texto dessa circular, que foi distribuída no Quartier des Grandes-Écuries:

> Obra de Santo Antônio, para recuperar objetos perdidos, joias, valores e objetos em geral, móveis e imóveis, sentimentos, afeições etc. etc.
>
> Senhores,
>
> É principalmente nas eleições que o demônio se empenha em confundir as consciências. E para atingir esse fim recorre a infinitos artifícios. Ai de nós! Não tem ele a seu serviço toda a legião dos franco-maçons? Mas vós sabereis frustrar os ardis do inimigo. Vós repelireis com horror e repulsa o candidato dos incendiários, dos queimadores de igrejas e outros dreyfusistas.
> É conduzindo ao poder homens de bem que podereis fazer cessar a perseguição abominável que campeia tão virulentamente nestes dias, e impedir um governo iníquo de locupletar-se com o dinheiro dos pobres. Votais todos em
>
> M. Joseph Lacrisse
ADVOGADO NA CORTE DE APELAÇÃO
Candidato de Santo Antônio

Não infligi, senhores, ao bom Santo Antônio a dor imerecida de ver malograr o seu candidato.

> Assinados: RIBAGOU, advogado; WERTHEIMER, publicista; FLORIMOND, arquiteto; BÈCHE, capitão reformado; MOLON, operário

Vê-se por esses documentos a que alturas intelectuais e morais o nacionalismo levou o debate das candidaturas municipais em Paris.

23

Joseph Lacrisse, candidato nacionalista, conduziu ativamente no Quartier des Grandes-Écuries a campanha contra Anselme Raimondin, conselheiro egresso, radical. Logo sentiu-se à vontade nos comícios. Sendo advogado e muito ignorante, falava verbosamente, sem que nada jamais o detivesse. Impressionava pela sua fluência e inspirava simpatia entre os eleitores pela escassez e o primarismo das suas ideias, pois o que dizia era sempre o que eles próprios teriam dito ou pelo menos querido dizer. Levava grandes vantagens sobre Anselme Raimondin. Apregoava incessantemente a própria honestidade e a honestidade dos seus correligionários, repetia que era mister escolher homens de bem, e que era o seu partido o partido dos homens de bem. E como era um partido novo, acreditavam nele.

Anselme Raimondin, nos seus comícios, replicava que era honesto, e muito honesto, mas as suas declarações, vindo depois das outras, soavam fastidiosas. E como ele já ocupara o cargo e se envolvera na administração, não era fácil acreditá-lo honesto, ao passo que a pureza de Joseph Lacrisse resplandecia.

Lacrisse era jovem, esbelto, de aspecto marcial. Raimondin era baixo, gordo, usava óculos. Isto pesava, num momento em que o nacionalismo insuflava nas eleições municipais o gênero de entusiasmo e mesmo de romantismo que lhe é próprio, e um ideal de nobreza que sensibilizava o pequeno comércio.

Joseph Lacrisse ignorava por completo todos os problemas da administração municipal, e até mesmo as atribuições dos conselhos municipais. Essa ignorância era-lhe proveitosa. Sua eloquência pairava livre e elevada por sobre tudo aquilo. Anselme Raimondin, ao contrário, perdia-se em detalhes. Adquirira os cacoetes da burocracia, o hábito da discussão técnica, o gosto das cifras, a mania dos dossiês. E embora conhecesse sua plateia, alimentava algumas ilusões sobre a inteligência dos eleitores que lhe haviam dado os seus votos. Guardava-lhes certo respeito, não se atrevia a arriscar mentiras excessivamente cabeludas, e entrava em explicações. Com isso tornava-se frio, obscuro, maçante.

Ele não era um simplório. Tinha o senso dos seus interesses e da politicagem. Vendo nos últimos dois anos o seu distrito invadido pelos jornais nacionalistas, pelos cartazes nacionalistas, pelas brochuras nacionalistas, dissera a si mesmo que, chegado o momento, também ele poderia muito bem posar de nacionalista, e que não seria difícil estigmatizar os traidores e aclamar o Exército nacional. Ele subestimara os seus adversários, achando que sempre poderia falar como eles. Mas nisso ele se enganara. Para exprimir a ideia nacionalista, Joseph Lacrisse tinha uma arte inimitável. Descobrira uma frase especial de que fazia uso com frequência, mas que parecia sempre bela e sempre nova: "Cidadãos, levantemo-nos em massa para defender o nosso glorioso Exército contra um punhado de renegados que juraram destruí-lo." Era exatamente como se devia falar aos eleitores das Grandes-Écuries. Aquelas palavras, todas as noites repetidas, despertavam na audiência inteira um entusiasmo solene e avassalador. Anselme Raimondin não encontrou nada de melhor ou de muito diferente. E quando lhe ocorriam tiradas patrióticas, ele não tinha a entonação necessária e não produzia efeito.

Lacrisse cobria os muros de cartazes tricolores. Anselme Raimondin também mandou fazer cartazes de três cores. Mas, quer porque as tintas fossem fracas, quer porque o sol as desbotasse, eles pareciam mais pálidos. Tudo lhe saía mal; todos o abandonavam. Ele perdeu a sua segurança, fez-se humilde, prudente, pequeno. Escondia-se. Tornava-se imperceptível.

E quando em algum salão de taberna ele se levantava para falar, não era mais que uma sombra imprecisa, de que saía uma voz fraca, sufocada pela fumaça dos cachimbos e pela algazarra dos cidadãos. Ele recordava o seu passado. Era, dizia, um velho lutador. Defendia a República. Também isso se perdia, desapercebido e sem qualquer repercussão. Os eleitores das Grandes-Écuries queriam que a República fosse defendida por Joseph Lacrisse, que conspirara contra ela. Era como pensavam.

Com os comícios não foi diferente. Uma única vez Raimondin foi convidado a aparecer num comício nacionalista. Ele foi, mas não pôde falar, e foi hostilizado numa ordem do dia votada na confusão e no escuro, pois o proprietário cortara o gás quando começaram a quebrar os bancos. Nas Grandes-Écuries, como em todos os bairros de Paris, os comícios foram moderadamente turbulentos. De parte a parte desencadeou-se a comedida violência peculiar àquela época, e que é a característica mais apreciável dos nossos costumes políticos. Como de hábito, os nacionalistas lançavam as mesmas monótonas acusações em que termos como vendido, traidor e infame assumem um pálido ar de fraqueza. Os gritos que se proferiam davam testemunho de um extremo debilitamento físico e moral, de um vago descontentamento unido a um profundo estupor, de uma definitiva inépcia para pensar nas coisas mais simples. Muito blá-blá-blá e pouca ação. Quando muito, uns dois ou três saíam contundidos ou escoriados, cada noite, entre os dois partidos. Os de Lacrisse eram levados a Delapierre, farmacêutico nacionalista, ao lado do picadeiro, e os de Raimondin a Job, farmacêutico radical, defronte ao mercado. E à meia-noite não havia mais ninguém nas ruas.

No domingo, 6 de maio, às seis horas, Joseph Lacrisse, cercado pelos companheiros, aguardava o resultado do escrutínio em uma loja alugada, decorada com cartazes e bandeiras. Era a sede do comitê. O senhor Bonnaud, o salsicheiro, veio anunciar-lhe que ele fora eleito por 2.309 votos contra 1.514 dados ao senhor Raimondin.

— Cidadão — disse-lhe Bonnaud —, estamos contentes. É uma vitória da República.

— E dos homens de bem — respondeu Lacrisse.

E ajuntou, com benevolência cheia de dignidade:

— Eu lhe agradeço, senhor Bonnaud, e peço-lhe que agradeça em meu nome aos nossos bravos amigos.

Depois, voltando-se para Henri Léon, que estava ao seu lado:

— Léon — disse-lhe ao ouvido —, faz-me um favor: telegrafa imediatamente a Sua Alteza informando-lhe o nosso sucesso.

Entrementes, brados faziam-se ouvir na rua festiva:

— Viva Déroulède! Viva o Exército! Viva a República! Abaixo os traidores! Abaixo os judeus!

Lacrisse dirigiu-se ao seu carro em meio às aclamações. A multidão bloqueava a rua. O barão israelita Golsberg estava junto à portinhola. Ele apertou a mão do novo conselheiro municipal.

— Eu votei no senhor, senhor Lacrisse. Está ouvindo? Eu votei no senhor. Porque, eu lhe digo, o antissemitismo é uma pilhéria... eu sei disso, o senhor também sabe... nada mais que uma pilhéria, ao passo que o socialismo, este é sério.

— Sim, sim. Adeus, senhor Golsberg.

Mas o barão não o largava.

— O socialismo é o perigo. O senhor Raimondin fazia concessões aos coletivistas. Eis por que eu votei no senhor, senhor Lacrisse.

A turba continuava a gritar:

— Viva Déroulède! Viva o Exército! Abaixo os *dreyfusards*! Abaixo Raimondin! Morte aos judeus!

O cocheiro conseguiu a custo varar a multidão de eleitores.

Joseph Lacrisse encontrou a senhora de Bonmont em casa, sozinha, emocionada, triunfante.

Ela já sabia.

— Eleito! — disse-lhe ela, os olhos voltados para o céu e os braços abertos.

A palavra "eleito", nos lábios de uma dama tão pia, ganhava um sentido místico.

Ela o estreitou nos seus lindos braços.

— O que me deixa mais feliz é que tu me deves a tua eleição.

Ela não contribuíra com o seu dinheiro. Os fundos, na verdade, não haviam faltado, e o candidato nacionalista havia sacado de mais de uma caixa. Mas a terna Elisabeth nada dera, e Joseph Lacrisse não entendeu o que ela queria dizer. Ela explicou:

— Eu acendi todos os dias uma vela a Santo Antônio. Foi o que te deu a tua vitória. Santo Antônio atende a todos os pedidos que lhe fazem. O padre Adéodat me havia garantido isso, e eu fiz a experiência várias vezes.

Ela o cobriu de beijos. E ocorreu-lhe uma ideia, que ela achou bela e evocativa das usanças da cavalaria. Perguntou-lhe:

— Meu querido, os conselheiros municipais usam uma echarpe, não é mesmo? Não são bordadas, essas echarpes?... Vou bordar-te uma...

Ele estava muito cansado. Deixou-se cair molemente numa poltrona. Mas ela, ajoelhada aos seus pés, murmurou:

— Eu te amo!

E só a noite ouviu o resto.

Naquela mesma tarde, Anselme Raimondin soubera do resultado da eleição no seu pequeno apartamento de "filho do bairro", como dizia. Sobre a mesa da sala de jantar havia uma dúzia de litros de vinho e um pastelão frio. A derrota o deixara aturdido.

— Era de esperar — disse ele.

E fez uma pirueta. Mas fê-la mal e torceu o pé.

— Foi culpa tua — disse-lhe à guisa de consolo o doutor Maufle, presidente do seu comitê, velho radical com cara de Sileno. — Permitiste que o bairro fosse envenenado pelos nacionalistas; não tiveste coragem de combatê-los. Nada tentaste para desmascarar-lhes as mentiras. Ao contrário, como eles, com eles, alimentaste todos os equívocos. Sabias da verdade, mas não ousaste desenganar os eleitores quando ainda era tempo. Foste covarde. Estás derrotado, e é bem feito!

Anselme Raimondin encolheu os ombros.

— És um velho ingênuo, Maufle. Não compreendes o sentido desta eleição. No entanto, ele é bem claro. Minha derrota tem uma única causa: o descontentamento dos pequenos lojistas, esmagados entre os grandes estabelecimentos e as sociedades cooperativas. Eles estão sofrendo; e me fizeram pagar pelos seus sofrimentos. Isso é tudo.

E com um leve sorriso:

— Vão ver-se bem arranjados!

24

Numa aleia do Luxembourg, monsieur Bergeret encontrou o senhor Goubin e o senhor Denis, seus alunos.

— Tenho uma boa-nova a anunciar-lhes, senhores — disse ele. — A paz da Europa não será perturbada. São os próprios Trublions que me garantem.

E monsieur Bergeret narrou o que segue:

— Eu encontrei Jean Coq, Jean Mouton, Jean Laiglon* e Gilles Singe** que, na Exposição, espiavam o formigar das passarelas. Jean Coq aproximou-se de mim e dirigiu-me estas palavras severas: "Monsieur Bergeret, o senhor disse que nós queríamos a guerra e que nós a faríamos, que eu desembarcaria em Dôver, que eu ocuparia militarmente Londres com Jean Mouton, e que tomaria em seguida Berlim e diversas outras capitais. Foi o que o senhor disse; eu sei. O senhor o disse malicio-

---

*João Filhote de Águia (*L'Aiglon*).
**Gil Macaco.

samente, para nos prejudicar, fazendo crer aos franceses que nós somos belicosos. Ora, saiba, meu senhor, que isso é falso. Nós não temos sentimentos guerreiros; temos sentimentos militares, o que é coisa bem diferente. Queremos a paz, e quando tivermos estabelecido na França a República Imperial, não vamos fazer a guerra."

"Respondi a Jean Coq que estava pronto a acreditar nele; que, mais ainda, via claramente que me tinha enganado, que o meu erro era manifesto, que Jean Coq, Jean Mouton, Jean Laiglon, Gilles Singe e todos os Trublions tinham demonstrado suficientemente o seu amor à paz recusando-se a partir para a China, ao que tinham sido convidados por belos cartazes, brancos."

"Desde então", acrescentei, "senti todo o civismo dos vossos sentimentos militares e a força do vosso apego à pátria. Não vos seria possível deixar o solo natal. Eu lhe rogo, senhor Coq, que aceite as minhas desculpas. Rejubilo-me de ver que o senhor é um pacifista como eu.

"Jean Coq fitou-me com aquele olhar que faz tremer o mundo: 'Eu sou pacifista, monsieur Bergeret. Mas, graças a Deus!, não como o senhor. A paz que eu quero não é a sua. O senhor se contenta vilmente com a paz que nos é imposta hoje em dia. Nós temos a alma por demais elevada para suportá-la sem impaciência. Essa paz frouxa e timorata que ao senhor contenta ofende cruelmente os brios dos nossos corações. Quando formos nós os senhores, faremos uma diferente. Faremos uma paz terrível, farpada, retumbante, equestre! Faremos uma paz implacável e feroz, uma paz ameaçadora, horrífica, chamejante e digna de nós, rugidora, tonitroante, fulgurante, que há de desprender raios! Uma paz que, mais espantosa que a mais espantosa das guerras, há de gelar o mundo e fará perecerem de pavor todos os ingleses. É assim, monsieur Bergeret, é assim que nós seremos pacifistas. Em dois ou três meses o senhor verá a eclosão da nossa paz: ela abrasará o mundo.' Após essa exposição, fui forçado a reconhecer que os Trublions são pacifistas, e assim me foi confirmada a verdade daquele oráculo escrito pela sibila de Panzoust numa folha de uma velha figueira:

> Se é que a paz te agrada,
> Fanfarrão loquaz,
> Antes de mais nada
> Deixa-nos em paz."

25

O salão da senhora Bonmont andava extraordinariamente animado e brilhante desde a vitória dos nacionalistas em Paris e da eleição de Joseph Lacrisse nas Grandes-Écuries. A viúva do grande barão reunia em sua casa a flor do novo partido. Um velho rabino do Faubourg Saint-Antoine acreditava que a doce Elisabeth houvesse atraído a si os algozes do povo eleito por um decreto especial do deus de Israel. À mesma mão, pensava ele, que conduziu a sobrinha de Mardoqueu ao leito de Assuero, coubera congregar os chefes do antissemitismo e os príncipes dos Trublions em torno de uma judia. É verdade que a baronesa abjurara a fé de seus pais. Mas quem pode prever os desígnios de Iavé? Aos olhos de artistas que, como Frémont, evocavam as figuras mitológicas dos palácios alemães sua robusta beleza de Erigone vienense se afigurava o símbolo das messes nacionalistas.

Seus jantares tinham um ar festivo e grandioso, e na sua casa o mais simples desjejum assumia um caráter verdadeiramente nacional. Assim foi que, nessa manhã, ela reunira à sua mesa vários e ilustres defensores da Igreja e do Exército: Henri Léon, vice-presidente dos comitês realistas do Sudoeste, que acabava de dar as suas felicitações aos eleitos nacionalistas de

Paris; o capitão de Chalmot, filho do general Cartier de Chalmot, e sua jovem esposa americana, que exprimia nos salões os seus sentimentos nacionalistas em tais chilreios que se poderia julgar, ouvindo-a, que os passarinhos dos viveiros tomassem parte nas querelas humanas; o senhor Tonnellier, professor suspenso da quinta série no Liceu Sully; acusado de ter feito para os seus jovens alunos a apologia de um atentado cometido contra a pessoa do presidente da República, o senhor Tonnellier fora punido com uma pena disciplinar e prontamente acolhido na melhor sociedade, onde se comportava bem, à parte o fato de fazer trocadilhos; Frémont, antigo *communard*, inspetor das Belas-artes, que no correr da idade acomodava-se às maravilhas à sociedade burguesa e capitalista, frequentava assiduamente os judeus ricos, guardiães dos tesouros da arte cristã, e que teria de bom grado vivido sob a ditadura de um cavalo, desde que pudesse acariciar todos os dias, com suas mãos delicadas, bibelôs de material precioso e fino lavor; o velho conde Davant, corado, envernizado, lustroso, sempre elegante, um tanto taciturno, a rememorar a idade de ouro dos judeus, quando ele fornecia aos grandes nababos financistas móveis de Riesener e bronzes de Thomyre. Como agenciador do barão, adquirira para ele uns 15 milhões em objetos de arte e de decoração. Agora, arruinado por especulações malsucedidas, vivia entre os filhos, sentindo a falta dos pais, desgostoso, amargo, parasita dos mais insolentes, sabendo que são estes os únicos que se fazem tolerar. Ainda presentes à mesa estavam Jacques de Cadde, um dos promotores da subscrição Henry, Philippe Dellion, Astolphe de Courtrai, Joseph Lacrisse, Hugues Chasson des Aigues, presidente do comitê nacionalista da Celle-Saint-Cloud, e Jambe-d'Argent,* em jaqueta e calças de aniagem, no braço uma braçadeira branca com flores-de-lis douradas, longa cabeleira sob o seu chapéu redondo que ele jamais tirava, como tampouco abandonava o seu rosário de caroços de

---

*Perna-de-prata.

azeitona. Era um cançonetista de Montmartre, chamado Dupont, que, tendo-se tornado realista, era recebido nas melhores rodas. Comia com os dedos, com um velho fuzil de pederneira entre as pernas, e bebia valentemente. Depois do *Alffaire*, uma nova ordem se estabelecera na alta sociedade francesa.

O jovem Barão Ernest ocupava, defronte à mãe, o lugar do dono da casa.

A conversa veio a girar sobre a política.

— Fazes mal — disse Jacques de Cadde a Philippe Dellion —, acredita-me, fazes mal em não praticar a luta livre... Não se sabe o que pode acontecer... depois da Exposição... E quando começarmos com os comícios...

— Uma coisa é certa — disse Astolphe de Courtrai. — É que, para termos boas eleições daqui a vinte meses, temos que estar preparados para a campanha. De minha parte posso dizer-lhes que estarei pronto. Exercito-me todos os dias no boxe e no bastão.

— Quem é o teu professor? — perguntou Philippe Dellion.

— Gaudibert. Ele aperfeiçoou o boxe francês. É espantoso! Tem fintas extraordinárias, e muito originais... É um professor de primeira ordem, que compreende a importância capital do treinamento.

— O treinamento é tudo — disse Jacques de Cadde.

— Sem dúvida — disse Astolphe de Courtrai. — E Gaudibert tem métodos avançados de treinamento, todo um sistema baseado na experiência: massagens, fricções, programação alimentar, com ênfase em uma alimentação substancial. Seu lema é "Contra a gordura, a favor dos músculos". Em seis meses, meus amigos, ele lhes faz adquirir um soco fulminante... e um tremendo jogo de pés...

A senhora de Chalmot perguntou:

— Será que os senhores não podem derrubar esse horrível Ministério?

E à simples menção do Gabinete Waldeck sacudiu com indignação sua graciosa cabeça de pequeno Samuel.

— Não vale a pena, madame – disse Lacrisse. – Esse Ministério será substituído por outro, exatamente igual.

— Outro Ministério de esbanjamento republicano – disse o senhor Tonnellier. – A França será arruinada.

— Sim – disse Léon –, outro Ministério exatamente igual a este. Mas o novo descontentará menos, não mais será o Ministério do *Affaire*. Teremos de mover, com todos os nossos jornais, uma campanha de seis semanas pelo menos, para torná-lo odioso.

— Já foi ao Petit Palais, madame? – perguntou Frémont à baronesa.

Ela respondeu que sim, e que vira lá belas escrivaninhas e lindos carnês de baile.

— Émile Molinier – disse o inspetor das Belas-artes – organizou uma magnífica exposição da arte francesa. A Idade Média está representada pelos mais preciosos monumentos. O século XVIII figura com bastante brilho, mas restam lacunas a preencher. A senhora, madame, que possui tantos tesouros de arte, não nos recuse a contribuição de alguma obra-prima.

De fato, o grande barão legara tesouros artísticos à sua viúva. O conde Davant andara pilhando para ele as velhas mansões provincianas e arrancando, por toda a França, pelos vales do Somme, do Loire e do Ródano, de gentis-homens bigodudos, broncos e necessitados, os retratos ancentrais, os móveis históricos, presentes de reis às suas concubinas, augustos *souvenirs* da realeza, glória das mais ilustres linhagens. Ela tinha no seu castelo de Montil e no seu palacete da avenue Marceau trabalhos dos mais famosos ebanistas franceses e dos maiores entalhadores do século XVIII – cômodas, medalheiros, secretárias, relógios, pêndulas, castiçais – e preciosas tapeçarias de cores esmaecidas. Mas, embora Frémont, e antes dele Terremondre, lhe houvessem solicitado que enviasse algumas peças de mobília, bronzes e estofados para a exposição retrospectiva, ela sempre recusara. Zelosa de suas riquezas e desejando exibi-las, dessa vez ela nada quisera emprestar. Joseph Lacrisse a encorajava na recusa: "Não dês nada para essa tal exposição. Os teus pertences serão roubados ou estragados. Não se sabe nem se eles serão capazes de organizar uma feira internacional. O melhor é não ter nada com essa gente."

Frémont, que já escutara diversas negativas, insistia:

— A senhora, madame, que possui coisas tão belas, e que é tão digna de possuí-las, mostre também que é liberal, generosa e patriota, pois aqui se trata de patriotismo. Envie ao Petit Palais o seu móvel de Riesener, decorado com porcelanas de massa branda. Com aquela peça, não haverá rivais a recear. Pois não há nenhuma igual, exceto na Inglaterra. Em cima colocaremos os seus vasos de Sèvres, que vêm do Grande Delfim, os dois maravilhosos potiches de celadonita, montados em bronze por Caffieri. Ficará deslumbrante!...

O conde Davant interrompeu Frémont:

— As montagens – disse num tom de proficiência melancólica – não são de Philippe Caffieri. Elas são gravadas com um "C" encimado por uma flor-de-lis. É a marca de Cressent. O fato pode ser ignorado. Mas não se deve afirmar coisa diferente.

Frémont prosseguiu nas suas rogativas:

— Madame, mostre a sua generosidade, acrescente a essas peças a sua tapeçaria de Leprince, *A Noiva Moscovita*. E a senhora terá assegurado o seu direito ao reconhecimento nacional.

Ela estava prestes a ceder. Mas, antes de consentir, interrogou com um olhar Joseph Lacrisse, que lhe disse:

— Envie-lhes o seu século XVIII, já que eles não o têm.

Depois, por deferência ao conde Davant, ela lhe perguntou o que devia fazer.

Ele respondeu:

— Faça como achar melhor. Eu não tenho conselhos a dar-lhe. Envie ou não envie os seus móveis à Exposição, não faz diferença. Nada faz diferença, como dizia o meu velho amigo Téophile Gautier.

— Feito! – pensou Frémont. – Agora mesmo vou anunciar ao ministro que desencavei a coleção Bonmont. Isto vale bem a comenda.

E sorriu interiormente. Não que fosse um parvo. Mas não desprezava as distinções sociais, e achava interessante que um condenado da Comuna fosse feito oficial da Legião de Honra.

— Bem – disse Joseph Lacrisse –, ainda me falta preparar o discurso que farei domingo no banquete das Grandes-Écuries.

— Ora – suspirou a baronesa –, não se dê esse trabalho. É desnecessário. O senhor improvisa tão maravilhosamente!...

— E depois, meu caro – disse Jacques de Cadde –, não é difícil falar aos eleitores.

— Não é difícil, como dizes – respondeu Joseph Lacrisse –, mas é delicado. Nossos adversários gritam que nós não temos programa. É uma calúnia: nós temos um programa, mas...

— A caça à perdiz, é esse o programa, senhores – disse Jambe-d'Argent.

— Mas o eleitor – prosseguiu Joseph Lacrisse – é mais complexo do que se possa imaginar a princípio. Eu, por exemplo, fui eleito nas Grandes-Écuries pelos monarquistas, naturalmente, e pelos bonapartistas, e também pelos... como direi?... pelos republicanos que não querem mais a República, mas que são republicanos mesmo assim. Um estado de espírito que não é raro em Paris, no pequeno comércio. Assim é que o salsicheiro que é o presidente do meu comitê me grita a plenos pulmões: "A República dos republicanos eu não quero mais. Se pudesse a faria voar pelos ares, ainda que tivesse de voar junto. Mas a sua, senhor Lacrisse, eu me faria matar por ela..." Sem dúvida, há terreno para um entendimento. "Agrupemo-nos em torno da bandeira... Não permitamos que ataquem o Exército... Derrubemos os traidores que, subornados pelo estrangeiro, trabalham para solapar a defesa nacional..." Isso é um terreno.

— Há também o antissemitismo – disse Henri Léon.

— O antissemitismo – respondeu Joseph Lacrisse – funciona muito bem nas Grandes-Écuries, pois há no bairro muitos judeus ricos que fazem campanha conosco.

— E a campanha antimaçônica! – exclamou Jacques de Cadde, que era devoto.

— Nas Grandes-Écuries estamos todos de acordo em combater os franco-maçons – respondeu Joseph Lacrisse. – Os que vão à missa os reprovam por não serem católicos. Os socialistas nacionalistas os reprovam por não serem antissemitas. E todos os nossos comícios são encerrados ao brado mil vezes repetido de "Abaixo os franco-maçons!". Ao que o cidadão Bissolo grita: "Abaixo os papa-hóstias!" Aí ele é socado, derrubado e pisoteado pelos nossos e arrastado à delegacia pelos agentes. O moral é excelente nas Grandes-Écuries. Mas há ideias falsas a desfazer. O pequeno-burguês não compreende ainda que só a monarquia pode fazê-lo feliz. Ele não sente ainda que se engrandece quando se inclina perante a Igreja. O botiqueiro foi envenenado pelos maus livros e pelos maus jornais. Ele é contra os abusos do clero e a ingerência dos padres na política. Muitos dos meus próprios eleitores se dizem anticlericais.

— Com efeito! – exclamou a baronesa de Bonmont, surpresa e entristecida.

— Madame – disse Jacques de Cadde –, é a mesma coisa na província. E a isso eu chamo ser contra a religião. Quem diz anticlerical diz antirreligioso.

— Não nos iludamos – continuou Lacrisse. – Ainda nos resta muito a fazer. Por que meios? É o que é preciso descobrir.

— Eu – disse Jacques de Cadde – sou pelos meios violentos.

— Quais? – perguntou Henri Léon.

Houve um silêncio, e Henri Léon prosseguiu:

— Obtivemos êxitos estupendos. Mas Boulanger também tinha obtido êxitos estupendos. E ele se desgastou.

— Ele foi usado – disse Lacrisse. – Mas nós não temos a recear que nos usem da mesma forma. Os republicanos, que se defenderam muito bem contra ele, defendem-se muito mal contra nós.

— Daí – disse Léon –, não são os nossos inimigos, são os nossos amigos que eu receio. Temos amigos na Câmara. E o que é que eles fazem? Não foram capazes nem ao menos de nos arranjar uma boa crisezinha ministerial complicada com uma boa crisezinha presidencial.

— Teria sido desejável — disse Lacrisse. — Mas não era possível. Se tivesse sido possível, Méline o teria feito. É de justiça que se diga: Méline faz o que pôde.

— Então — disse Léon — vamos esperar pacientemente que os republicanos do Senado e da Câmara nos cedam lugar. É a tua sugestão, Lacrisse?

— Ah! — suspirou Jacques de Cadde —, tenho saudades dos tempos em que a gente se engalfinhava. Aqueles eram bons tempos.

— Pode ser que voltem — disse Henri Léon.

— Acreditas?

— Com mil diabos! Se nós os trouxermos de volta.

— Isso é verdade!

— Nós somos o número, como disse o general Mercier. Ajamos.

— Viva Mercier! — gritou Jambe-d'Argent.

— Ajamos — prosseguiu Henri Léon. — Não percamos tempo. E, sobretudo, não nos deixemos esfriar. O nacionalismo deve ser engolido quente. Enquanto estiver borbulhando, é um bálsamo. Frio, é uma droga!

— Como, uma droga? — perguntou severamente Lacrisse.

— Uma droga, um remédio eficaz, um bom medicamento. Mas que o doente não engolirá com prazer, nem de boa vontade... E não se deve deixar repousar a mistura. Agite o frasco antes de usar, segundo a recomendação do sábio farmacêutico. Nesse momento, a nossa mistura nacionalista, bem sacudida, tem uma bela cor rosada, admirável de ver, e um gosto ligeiramente ácido, que agrada ao paladar. Se deixarmos o frasco em repouso, o licor perderá muito em coloração e sabor. Ele decantará. O melhor irá para o fundo, as partes de monarquia e religião que entram na composição se fixarão no resíduo. O doente, desconfiado, deixará três quartos no vidro. Há que agitar, senhores, há que agitar.

— O que dizia eu! — exclamou o jovem Cadde.

— Agitar. Falar é fácil. Mas tem que ser do modo adequado. Sem o que, corre-se o risco de descontentar o eleitor — objetou Lacrisse.

— Ora! — disse Léon. — Se estás pensando na reeleição!...
— Quem disse que penso na reeleição? Não é o que me preocupa.
— Tens razão, não se deve prever desgraças tão distantes.
— Como, desgraças? Achas que os meus eleitores mudarão?
— Receio, ao contrário, que não mudem. Eles estavam descontentes, e te elegeram. Daqui a quatro anos estarão ainda descontentes. E então será contigo. Queres um conselho, Lacrisse?
— Fala.
— Foste eleito por 2 mil eleitores?
— Dois mil, trezentos e nove.
— Dois mil, trezentos e nove... É impossível contentar 2.309 pessoas. Mas não basta considerar o número, é preciso levar em conta a qualidade. Entre os teus eleitores há uma porção bastante grande de republicanos anticlericais, pequenos comerciantes, pequenos funcionários. Não são os mais inteligentes.

Lacrisse, que se tornara um homem sério, respondeu pausada e gravemente:

— Eu explico. Eles são republicanos, mas são, antes de tudo, patriotas. Votaram num patriota que não pensava como eles, que tinha opiniões diferentes em questões que eles julgavam secundárias. É uma conduta perfeitamente aceitável, e acho que não hesitas em aprová-la.
— Claro que a aprovo. Mas, cá entre nós, eles não são muito espertos.
— Não são espertos! — repetiu Lacrisse com amargura. — Não são espertos... Não diria que eles sejam tão espertos quanto...

Ele procurou na memória o nome de um homem esperto, mas, fosse por não conhecer nenhum entre os seus amigos, fosse por escapar-lhe o nome que queria, fosse que uma natural malevolência o levasse a repelir os exemplos que lhe ocorriam, não concluiu a frase, e emendou um tanto aborrecido:

— Afinal, não vejo por que fazer pouco deles.

— Eu não faço pouco deles. Digo apenas que são menos inteligentes que os teus eleitores monarquistas e católicos que te apoiaram ao lado dos padres. Aqueles sabiam o que faziam. Pois bem, é teu interesse e teu dever trabalhar por eles, primeiro porque pensam como tu, depois porque os padres não se deixam enganar, ao passo que é fácil enganar os imbecis.

— Errado! Completamente errado! — exclamou Joseph Lacrisse. — Bem se vê, meu caro, que não conheces o eleitor. Eu o conheço bem! Os imbecis não são mais fáceis de enganar que os outros. Eles se enganam, é verdade. Enganam-se a toda hora. Mas não se deixam enganar...

— Sim, sim! Se deixam, sim, basta saber o jeito.

— Não creia nisso — respondeu Lacrisse com sinceridade. Depois, mudando de tom:

— Mesmo porque, não pretendo enganá-los.

— E quem falou em enganá-los? É preciso contentá-los. Podes fazê-lo sem muito custo. Devias ver mais vezes o padre Adéodat. É um homem de bom conselho, e extremamente razoável. Ele te dirá com o seu sorriso fino, as mãos metidas nas mangas: "Senhor conselheiro, preserve, contente a sua maioria. Nós não vamos nos ofender com um ou outro voto sobre a imprescritibilidade dos direitos do homem e do cidadão, ou mesmo contra a ingerência do clero no governo. Pense nos seus eleitores republicanos nas sessões públicas e fique conosco nas comissões. É lá, no sossego e no silêncio, que se faz o bom trabalho. Que a maioria do Conselho se mostre às vezes anticlerical é um mal que nós suportaremos com paciência. O que importa é que as grandes comissões sejam profundamente religiosas. Elas serão mais poderosas que o próprio Conselho, pois uma minoria ativa e compacta prevalece sempre sobre uma maioria inerte e confusa." É isto, meu caro Lacrisse, que te dirá o padre Adéodat. Ele é admiravelmente paciente e sereno. Quando os nossos amigos vão dizer-lhe, muito agitados: "Oh, padre! que novas abominações preparam os franco-maçons! O estágio escolar, o artigo 7, a lei das associações, todos esses horrores!", o bom padre sorri e não responde. Não responde, mas pensa: "Já vimos outros. Já vimos o 89 e o 93, a supressão das comunidades religiosas e a venda dos bens eclesiásticos. E antes, sob a monarquia muito cristã, pensam que conservamos e acrescemos os nossos bens sem esforço e sem lutas? É desconhecer a história da França. Nossas fartas abadias, nossas vilas e aldeias, nossos servos, nossas pastagens e moinhos, nossas matas e banhados, nossas justiças e nossas jurisdições nos têm sido incessantemente disputados por inimigos poderosos: senhores, bispos e reis. Nós tínhamos de defender, a mão armada ou perante os tribunais, um dia um campo, uma estrada, no outro um castelo, um patíbulo. Para salvar as nossas riquezas da cobiça do poder leigo, era-nos preciso a todo instante expor as velhas cartas de Clotário e Dagoberto que a ciência ímpia, hoje ensinada nas escolas do governo, declara falsas. Nós temos pleiteado durante dez séculos contra as gentes do rei. Há apenas trinta anos que pleiteamos contra a justiça da República. E pensam que estamos cansados! Não, nós não estamos temerosos nem desamparados. Temos dinheiro e propriedades. É o patrimônio dos pobres. Para conservá-lo e multiplicá-lo, contamos com dois auxílios que não nos faltarão: a proteção do céu e a incapacidade parlamentar." Tais são os pensamentos que se formam harmoniosamente sob o crânio luzidio do padre Adéodat. Lacrisse, tu foste o candidato do padre Adéodat. És o seu eleito. Vai vê-lo. É um grande político. Há de te dar bons conselhos. Com ele aprenderás a contentar o salsicheiro, que é republicano, e a agradar o vendedor de guarda-chuvas, que é livre-pensador. Procura o padre Adéodat, procura-o sempre e torna a procurá-lo.

— Tenho conversado com ele por diversas vezes — disse Joseph Lacrisse. — De fato, ele é muito inteligente. Os padres enriqueceram com rapidez surpreendente. Eles têm muitos bens no bairro.

— Muitos bens — repetiu Henri Léon. — Todo o grande quadrilátero compreendido entre a rue des Grandes-Écuries, o picadeiro, o palacete do barão Golsberg e o bulevar exterior lhes pertence. Pacientemente, eles realizam um plano gigantesco. Propuseram-se elevar em plena Paris, na tua circunscrição, meu caro, uma nova Lourdes, uma imensa basílica, que atrairá todos os anos milhões de peregrinos. Nesse meio-tempo eles constroem em seus vastos terrenos prédios para arrendar.

— Sei disso — disse Lacrisse.

— Eu também sei — disse Frémont. — Conheço o seu arquiteto. É Florimond, um homem extraordinário. Como sabem, os padres organizam viagens de peregrinação na França e no estrangeiro. Florimond, com uma vasta cabeleira e a barba virgem, acompanha os peregrinos em suas visitas às catedrais. Ele se imbuiu do espírito de um mestre de obras do século XIII. Contempla as torres e os campanários com olhos extáticos. Explica às damas o significado do arco ogival e a Simbólica Cristã. Mostra, no coração da grande rosácea dos portais, Maria, flor da árvore de Jessé. Calcula a resistência das paredes com lágrimas, suspiros e invocações. Nas mesas-redondas que reúnem os padres e os peregrinos, seu rosto e suas mãos, ainda cinzentos das velhas pedras que ele abraçou, atestam sua fé de artesão católico. Ele fala do seu sonho: "Levar, como humilde obreiro, a sua pedra ao novo santuário, que durará tanto quanto o mundo." E, de volta a Paris, constrói prédios repulsivos, imóveis para arrendar com argamassa de má qualidade e tijolos ocos assentados de qualquer jeito, miseráveis cortiços que não durarão vinte anos.

— Mas — disse Henri Léon — eles não têm mesmo que durar vinte anos. São os imóveis das Grandes-Écuries de que eu falava ainda agora, e que darão lugar um dia à grande basílica de Santo Antônio e às suas dependências, a toda uma cidade religiosa que nascerá dentro de uma quinzena de anos. Antes de 15 anos decorridos os reverendos padres serão donos de todo o distrito de Paris que elegeu o nosso amigo Lacrisse.

A senhora de Bonmont levantou-se e tomou o braço do conde Davant.

— O senhor compreende, eu não gosto de me separar das minhas coisas... Objetos emprestados correm riscos... A gente se aborrece... Mas, desde que seja no interesse nacional... A pátria antes de tudo. O senhor escolherá com o senhor Frémont o que deva ser exposto.

— Seja como for – dizia Jacques de Cadde deixando a mesa –, devias exercitar-te em luta livre.

Tomaram café no pequeno salão.

Jambe d'Argent, cançonetista e realista, sentou-se ao piano. Andara acrescentando ao seu repertório algumas canções realistas da Restauração, com as quais contava fazer grande sucesso nos salões.

Ele cantou, da ária de *La Sentinelle:*

> Au champ d'honneur frappé d'un coup mortel,
> Le preux Bayard, dans l'ardeur qui l'enflamme,
> Fier de périr pour le sol paternel,
> Avec ivresse exhalait sa grande âme:
> Ah! sans regret je puis mourir;
> Mon sort, dit-il, sera digne d'envie,
> Puisque jusqu'au dernier soupir,
> Sans reproche j'ai pu servir
> Mon roi, ma belle et ma patrie.

Chassons des Aigues, presidente do comitê de ação nacionalista, aproximou-se de Joseph Lacrisse:

— Meu caro conselheiro, decididamente, não vamos fazer alguma coisa no 14 de julho?

— O Conselho – respondeu gravemente Lacrisse – não pode organizar um movimento de opinião. Não está nas suas atribuições; mas, se ocorrerem manifestações espontâneas...

— O tempo urge, o perigo cresce – replicou Chassons des Aigues, que se via na expectativa de ser eliminado do seu círculo, e contra quem uma queixa por estelionato dera entrada no Ministério Público. – É preciso agir.

– Não desespere – disse Lacrisse. – Nós temos o número, e temos o dinheiro.

– Nós temos o dinheiro – repetiu Chassons des Aigues, pensativo.

– Com o número e o dinheiro ganham-se as eleições – prosseguiu Lacrisse. – Em vinte meses nós tomaremos o poder, e o conservaremos por vinte anos.

– É, mas até lá... – suspirou Chassons des Aigues, cujos olhos arregalados fitavam, cheios de apreensão, as brumas do futuro....

– Até lá – respondeu Lacrisse –, trabalharemos a província. Já começamos.

– O melhor é acabar de uma vez – declarou Chassons des Aigues em tom de profunda convicção. – Não podemos dar a este governo de traição o tempo de desorganizar o Exército e paralisar a defesa nacional.

– É evidente – disse Jacques de Cadde. – Acompanhem o meu raciocínio. Nós gritamos "Viva o Exército!..."

– Concordo – disse Dellion.

– Deixa-me falar. Nós gritamos "Viva o Exército!". É o nosso toque de reunir. Se o governo se põe a substituir os generais nacionalistas por generais republicanos, não poderemos mais gritar "Viva o Exército!".

– Por quê? – perguntou o jovem Dellion.

– Porque, então, isso seria o mesmo que gritar "Viva a República!". Isso entra pelos olhos!

– Nesse ponto não há o que recear – disse Joseph Lacrisse. – A disposição dos oficiais é excelente. Se o ministério da traição chegar a introduzir no alto comando um republicano em dez, será muito.

– Já será bem desagradável – disse Jacques de Cadde. – Pois então nós seremos obrigados a gritar: "Vivam nove décimos do Exército!", o que será um grito muito comprido.

— Não te preocupes — disse Lacrisse. — Quando nós gritamos "Viva o Exército!", todos sabem muito bem que isso quer dizer "Viva Mercier!".

Jambe d'Argent, ao piano, cantava:

> Vive le Roi! Vive le Roi!
> De nos vieux marins c'est l'usage
> Aucun d'eux ne pensait à soi,
> Tout en succombant au naufrage,
> Chacun criait avec courage:
> Vive le Roi!

— Ainda assim — disse Chassons des Aigues —, o 14 de julho é um bom dia para começar o sarilho. O povo nas ruas, a multidão eletrizada, voltando da revista e aclamando as tropas na passagem!... Com método, pode-se fazer muito nesse dia. Pode-se sublevar o populacho.

— Estás enganado — disse Henri Léon. — Desconheces a fisiologia da plebe. O bravo nacionalista que volta da parada traz um bebé ao colo e um pirralho pela mão. A mulher o acompanha, carregando uma garrafa, pão e salame num cesto. Quem vai sublevar um homem com seus dois pimpolhos, a mulher e o almoço da família?... E depois, olha, as massas são inspiradas por associações de ideias muito simples. É impossível levá-las a um motim num dia de festa. Os cordões de luzes e os fogos de bengala sugerem à gentalha ideias alegres e pacíficas. O popular vê em frente aos restaurantes um quadrado de lanternas chinesas e um estrado embandeirado para os músicos; e só pensa em dançar. Quem quiser promover uma arruaça tem que apanhar o momento psicológico.

— Não compreendo — disse Jacques de Cadde.
— Pois devias fazer por compreender — disse Henri Léon.
— Achas que eu não sou inteligente?
— Que ideia!

— Se achas, podes dizer: não vou me zangar por isso. Não tenho pretensões a ter espírito. Mesmo porque já notei que os homens tidos por inteligentes combatem as nossas ideias, as nossas crenças, querem enfim destruir tudo que nos é caro. Portanto, eu ficaria bastante aborrecido de ser o que se chama um homem inteligente. Prefiro ser um imbecil e pensar como penso, acreditar no que acredito.

— Tens toda razão – disse Léon. – Devemos ser o que somos. E se não somos estúpidos, devemos agir como se fôssemos. São os estúpidos que têm sucesso na vida. Os homens de espírito são uns palermas. Nunca chegam a coisa alguma.

— É uma grande verdade o que dizes – exclamou Jacques de Cadde.

Jambe d'Argent cantava:

> Vive le Roi! ce cri de ralliement
> Des vrais Français est le seul qui soit digne.
> Vive le Roi! de chaque régiment
> Que ces trois mots soient la seule consigne.

— Seja como for – disse Chassons des Aigues – fazes mal, Lacrisse, em rejeitar os meios revolucionários, são os melhores.

— Meninos!... – disse Henri Léon. – Nós não temos senão um meio de ação, um só, mas seguro, poderoso, eficaz. É o *Affaire*. Nós nascemos do *Affaire*: nacionalistas, não se esqueçam. Nós crescemos e prosperamos à custa do *Affaire*. Só ele nos nutriu, só ele nos sustenta ainda. É dele que nós tiramos nosso suco e nosso alimento; é ele a planta que nos fornece nossa substância vivificadora. Se, arrancada do solo, ela ressecar e morrer, nós definharemos e pereceremos. Finjamos extirpá-la, mas preservemo-la cuidadosamente, adubemo-la, reguemo-la. O povo é ingênuo; e está predisposto a nosso favor. Vendo-nos cavar, revolver e raspar ao redor da planta nutriz, acreditará que estamos empenhados em arrancá-la até a última raiz. E nos aplaudirá e nos bendirá pelo nosso zelo. Nunca há de imaginar que nós a cultivamos com amor. Ela refloriu em plena Exposição. E essa gente ingênua não se apercebeu que foi pelos nossos cuidados.

Jambe d'Argent cantava:

> Puisque ici notre général
> Du plaisir nous donn' le signal,
> Mes amis, poussons à la vente;
> Si nous voulons bien le r'mercier,
> Chantons, soldat, comme officier:
> Moi,
> Jarnigoi!
> Je suis soldat du Roi,
> J'm'en pique, j'm'en flatte et j'm'en vante.

– É bem bonita essa canção – murmurou a baronesa, com os olhos semicerrados.

– É – disse Jambe-d'Argent, sacudindo a juba bravia. – Chama-se *Cadet-Buteux Enregimenté ou Le Soldat du Roi*. É uma pequena obra-prima. Foi uma boa ideia desencavar essas velhas canções realistas da Restauração.

> Moi,
> Jarnigoi!
> Je suis soldat du Roi.

E, de repente, lançando a mão enorme sobre a cauda do piano onde tinha colocado o seu rosário e as suas medalhas:

– Com mil demônios, Lacrisse, não toques no meu rosário. Ele foi abençoado pelo santo padre.

– Seja como for – disse Chassons des Aigues –, devemos fazer manifestações na rua. A rua é nossa. É preciso que o saibam. Vamos a Longchamp no dia 14!...

– Eu concordo – disse Jacques de Cadde.

— Eu também concordo — exclamou Dellion.

— São uma espiga, as suas manifestações — disse o pequeno barão, que até então se conservara calado.

Ele era bem rico para dispensar-se de pertencer a qualquer partido político.

E acrescentou:

— O nacionalismo começa a me maçar.

— Ernest! — fez a baronesa com doce severidade materna.

— É isso mesmo — disse Ernest. — As suas manifestações são ridículas.

O jovem Dellion, que lhe devia dinheiro, e Chassons des Aigues, que pretendia um empréstimo, evitaram contradizê-lo abertamente.

Chassons forçou-se a sorrir, como se se divertisse com um dito espirituoso, e Dellion teve uma palavra de conformidade:

— Não digo que não. Mas o que não é ridículo?

Esse pensamento inspirou profundas reflexões a Ernest que, após um momento de silêncio, disse num tom de sincera melancolia:

— É verdade. Tudo é ridículo...

E, pensativo, acrescentou:

— Como uma forreca que encrenca num local onde a gente não queria parar. Não é que a gente se incomode com o atraso... considerando o que se encontra nos lugares aonde se vai... Mas, outro dia, fiquei cinco horas entre Marville e Boulay. Conhecem? É antes de chegar a Dreux. Nem uma casa, nem uma árvore, nem uma dobra de terreno. Tudo plano, amarelo, redondo, com um céu estúpido cobrindo tudo como um chapéu. A gente cria mofo em lugares como aquele... Não importa, eu vou experimentar um novo modelo... Setenta quilômetros por hora... e muito macio... Quer vir comigo, Dellion? Eu parto esta noite.

26

— Os Trublions – disse monsieur Bergeret – inspiraram-me o mais vivo interesse. Assim, não foi sem prazer que descobri no precioso livrinho de Nicole Langelier, parisiense, um segundo capítulo relativo a esses pequenos seres. Lembra-se do primeiro, senhor Goubin?

O senhor Goubin respondeu que o sabia de cor.

— Louvo-o por isso – disse monsieur Bergeret. – Pois é um breviário. Vou ler-lhe agora mesmo o segundo capítulo, que não lhe agradará menos que o precedente.

E o professor leu o que segue:

"DA GARABULHA E GRANDE ALARIDO QUE PROMOVERAM OS TRUBLIONS E DE UMA BELA ARENGA QUE LHES FEZ ROBIN MILLEAUX.

Então fizeram os Trublions grande alarido na vila, cidade e universidade, cada um deles a bater com uma colher num *trublio*, que vem a ser em francês marmita de ferro ou caçarola, e faziam concerto bem melodioso. E iam a gritar: "Morte aos traidores e aos marranos!" Outrossim pendiam dos muros e lugares secretos e retiros pequenas tabuletas mui catitas com inscrições tais como: "Morte aos marranos! Não compreis miga aos judeus nem aos lombardos! Longa vida a Tintinnabule!" Armavam-se eles de armas de fogo e de armas brancas, pois que eram gentis-homens. Entretanto, faziam-se acompanhar também de Martin Baton,* e eram tão bravos príncipes que também golpeavam com os punhos, sem desdenhar o jogo dos vilões. E em sua loquela só falavam de rachar e acutilar, e ameaçavam em sua algaravia e geringonça mui apta, congruente e consoante ao seu pensar,

---

Martin Baton designa em jargão um homem armado de porrete ou cassetete. (*N. do T.*)

que iriam escacholar as gentes, o que importa propriamente em desenconchar os miolos da caixa craniana onde jazem por ordem e disposição da Natureza. E como diziam, faziam, todas e quantas vezes se lhes deparava ensancha. E porquanto eram espíritos mui simples, entendiam que eram eles os bons, e que fora deles não eram nenhuns bons, mas que eram todos malvados, o que era ordenança maravilhosamente clara, distinção perfeita e bela ordem de batalha.

E havia entre eles nobres e elevadas damas, lindamente ataviadas, as quais mui graciosamente, por blandícias e requebros, incitavam os galantes Trublions a esmocar, escadeirar, traspassar, soverter e estrafegar quem quer que não tropeliasse. O que não deve causar grande espanto, sendo de reconhecer em tal a natural inclinação das damas pela sanha e crueldade e a sua admiração por chibança aguerrida e fera valentia, como é de ver nas crônicas antigas onde se narra que o deus Marte foi amado por Vênus como por deusas e mortais sem conta, e que Apolo, ao revés, se bem que aprazível violista, só merecia descaso das ninfas e das camareiras.

E não havia na cidade conventículo ou procissão de Trublions, não havia festim ou funeral de Trublions em que algum desgraçado, quando não dois ou mais ainda, não fosse acometido por eles e largado meio morto ou morto a três quartos, e mesmo completamente, sobre as lajes das ruas. O que era coisa mui temerosa. E era de uso que, tendo passado os Trublions, aqueles que, por recusa em estropeliar, houvessem sido afinfados fossem misericordiosamente transportados em padiola à botica e oficina de um boticário. Por esta ou outras razões eram os boticários da cidade do partido dos Trublions.

Ora, foi nesse tempo a grande feira de Paris em França, insigne e mais vasta do que jamais foram as feiras de Aquisgrana e de Francforte, ou o Lendit, ou a bela feira de Beaucaire. Era a dita feira de Paris tão copiosa e abundante em mercancias, obras d'arte e engenhosas invenções que um homem chamado Cornely, que já vira muitas coisas e não era nenhum pescácio, usava dizer que para a ver e percorrer e contemplar chegava a descurar da salvação eterna e até mesmo de comer e de beber. As gentes estrangeiras atopetavam a cidade dos parisienses para ali buscarem diversão e despenderem seus dinheiros. Reis e reizetes afluíam à porfia, com que se ufanavam basbaques e labrostes, dizendo: "É-nos grande honra." Os mercadores, do maior ao mais pequeno, e as gentes de ofício e de indústria, intentavam vender grande cópia de mercadoria aos forasteiros vindos à cidade para a feira. Mascates e bufarinheiros desembalavam suas cargas, estalagens e casas de pasto armavam mesas. Na verdade, tornara-se a cidade de ponta a ponta em abundante mercado e alegre refeitório. Cumpre dizer que os ditos mercadores – não todos, mas a mor parte – eram a favor dos Trublions, e que os admiravam pela sua grande força de gorja e pelos seus grandes volteios de braços, e não deixavam os próprios negociantes e banqueiros marranos de mirá-los com respeito e desejo bem humilde de não serem por eles maltratados.

Cortejavam-nos pois as gentes de ofício e mercadores, mas prezavam também naturalmente os seus bens e ganha-pão, e chegavam a temer que em bruscas arremetidas, súbitas irrupções, estrupadas, razias e tropelias, lhes desborcassem os tabuleiros e balcões pelas esquinas, jardins e bulevares, e também que os ditos Trublions, com ocisões furiosas e intempestivas, intimidassem as gentes forasteiras e as fizessem fugir da cidade com as bolsas ainda pejadas. A bem dizer este perigo não era grande. Os Trublions ameaçavam horrivelmente e terrivelmente. Mas acometiam gentes em número pequeno, um, dois, três de cada vez, como dito, e gentes da cidade; jamais acossavam ingleses ou alemães, nem outros povos, mas tão somente concidadãos. Acometiam algures, e a cidade era grande; quase ninguém dava fé. Contudo, podia acontecer que tomassem gosto por aquilo, e decidissem soverter com mais empenho. Não parecia oportuno que nessa feira do mundo e festiva funçanata fossem vistos Trublions rilhando os dentes, revirando os olhos chamejantes, cerrando punhos, as pernas escanchadas, a lançar ladridos raivosos e ulos lamentáveis, e achavam os parisienses que os Trublions faziam em ensejo malpropício o que podiam fazer sem inconveniência nem impedimento após a festa e negócio, a saber: sovar aqui e ali um pobre-diabo.

Começaram pois os cidadãos a dizer que era mister apaziguar, e era veredito popular que houvesse paz na cidade. Coisa a que os Trublions não prestavam mais que meio ouvido. E replicavam: "Sim, mas viver sem zurzir um inimigo ou simples desconhecido, é isto satisfatório? Se deixarmos em paz os judeus, não ganhamos o paraíso. Devemos então cruzar os braços? *É* preceito do Senhor que devemos laborar para viver." E pesando-lhes no espírito o sentimento comum e universal consenso, estavam eles perplexos.

Foi quando um velho Trublion, de nome Robin Mielleux, reuniu os principais da Trublionaria. Era ele acatado, venerado e tido em alta conta pelos Trublions, que o sabiam experto em falcatruas e abundante em astúcias e cautelas. Abrindo a boca que ele tinha à feição de um velho linguado, desfalcada mas adentada ainda o bastante para abocanhar peixes pequenos, disse ele docemente:

"Ouvi, amigos; ouvi todos. Somos gente de bem, e bons confrades. Não somos parvos. Demandemos a pacificação. Direi melhor: desejamos a pacificação. Cousa preciosa é a pacificação. Pacificação é doce unguento, eletuário hipocrático, bálsamo dionisíaco. *É* boa infusão medicinal, é tília, malva e malvaísco. É açúcar, é mel. *É* mel, digo eu, e não sou eu Robin Mielleux?* Eu me alimento de mel. Quando volver a idade de ouro, lamberei o mel no tronco dos carvalhos veneráveis. Eu vos garanto. Quero a pacificação. Querei a pacificação."

Ouvindo tais palavras de Robin Mielleux, começaram os Trublions a fazer feios esgares, e cochichavam entre si: "Será Robin Mielleux, nosso amigo, quem nos fala

---

Mielleux: meloso, melífluo.

desta sorte? Ele não mais nos ama. Ele nos traiu. Procura prejudicar-nos, ou confundiu-se-lhe o juízo." E diziam os maiores entre os tropeliadores: "Que pretende esse velho engrolador? Imagina porventura que deixaremos de lado as nossas mocas e cacetes e porretes e bastões, e os lindos pistoletes que trazemos na algibeira? Que somos pela paz? Nunca jamais. Só valemos pelas bordoadas que assestamos. Quer ele que não mais esbordoemos? Quer ele que não mais tropeliemos?" E elevou-se na assembleia grande vozerio e murmuração, e era o concílio dos Trublions como mar revolto.

Mas o bom Robin Mielleux estendeu suas mãozinhas amarelas por sobre as cabeças agitadas, à feição de um Netuno que acalma a tempestade, e tendo assim restabelecido o oceano borrascoso em seu sossego e calmaria, ou pouco mais ou menos, prosseguiu bem cortesmente:

"Sou vosso amigo, meus pequenos, e vosso bom conselheiro. Ouvi o que tenho a dizer-vos antes de vos abespinhardes. Quando digo que queremos pacificação, é claro que falo na pacificação dos nossos inimigos e adversários, de todos os controversistas e contraditores e contranitentes. É visível e evidente que falo na pacificação de todos que não nós, pacificação da polícia e magistratura a nós oposta e contrária, dos pacatos oficiais civis investidos da função e poder de prevenir, conter, refrear e reprimir a tropelia, pacificação da lei e justiça que nos ameaça. Sejam esses sepultados em profundo e mortal apaziguamento; sejam todos que não os Trublions afogados em báratro e abismo de apaziguamento e sempiterno sossego. *Requien aeternam dona eis, Domine*. Isto é o que queremos! Não demandamos apaziguamento nosso. Não estamos apaziguados. Quando cantamos *requiescat*, fazemo-lo nós? Não temos vontade de dormir. Quando se está morto, é para sempre. *Nos que vivimus*, demos paz a outrem, não neste mundo, mas noutro. É mais seguro. Eu quero apaziguamento. Serei acaso um papalvo? Não conheceis Robin Mielleux? Eu, meus pombinhos, conheço mais manigâncias do que supondes. Meus cordeiros, sois acaso menos avisados que pirralhos e pequenos de escola, que jogando entre si o jogo de barras ou de pique, se um deles quer sopresar o outro lhe grita 'Altas', que quer dizer trégua e armistício, e que, em o tendo assim desguarnecido de toda cautela e defesa, ganha dele facilmente e se diverte à sua custa?

"Assim faço eu, Robin Mielleux, procurador do rei. Quando tenho, como amiúde sucede, adversários suspeitosos e alertados na Câmara do Conselho, digo a eles: Paz, paz, paz, senhores. *'Pax vobiscum'*, e lhes escorrego bem de manso uma panelada de pólvora de canhão e velhos pregos debaixo dos assentos, com uma bela mecha de que seguro a ponta. Depois, fingindo dormir placidamente, acendo a mecha no momento adequado. E se eles não voam pelos ares, não é por culpa minha. É que a pólvora estava estragada. Ficará para outra vez.

"Meus bons amigos, tomai exemplo e modelo dos vossos chefes, mestres e dinastias. Não vedes que Tintinnabule se mantém silencioso? Por ora ele abstém-se de tintinabular. Aguarda a ocasião propícia para retintinabular. Foi ele apaziguado? Não o imagineis. E o jovem Trublion, quer ele apaziguamento? Não. Ele espera. Escutai bem. Ser-vos-á útil, profícuo e necessário que aparenteis ter favorável, benigna, leniente e detergente vontade de apaziguamento. Que vos custa? Nada. E tirareis daí grande proveito. Mister é que vós, inaplacados, pareçais aplacados, e que os outros (aqueles que não tropeliam, quero dizer), que de verdade estejam aplacados, pareçam inaplacados, coléricos, intratáveis, raivosos, de todo opostos, contrários e hostis ao nobre apaziguamento, tão desejável e tão recomendável. Será destarte manifesto que haveis grande amor e zelo do bem público e da paz, e que, ao contrário, têm os vossos oponentes maligna inclinação de turbar e destruir a cidade e circunvizinhanças. E não digais que é difícil. Será como quiserdes. Fazei ver ao povo ingênuo o que melhor vos convier. O povo crerá no que disserdes. Apropriai-vos do seu ouvido. Se disserdes: queremos apaziguamento, ele crerá de pronto que quereis apaziguamento. Dizei-o para aprazer-lhe. Isso nada custa. E, entrementes, aos vossos inimigos e adversários que primeiro baliram mui lastimosamente: apaziguamento, apaziguamento (pois que têm sido mansos como borregos, não há que negar), podereis, ao vosso talante, esborrachar as moleiras e dizer: 'Não queriam apaziguamento. Por isso os escarmentamos. Queremos o apaziguamento, faremos o apaziguamento quando formos os únicos senhores. É meritório fazer pacificamente a guerra.' Gritai: paz! paz! e acometei. Isto é ser cristão. Paz! paz! o homem está morto! Paz! paz! esbandulhei três. A intenção era pacífica, e sereis julgados pelas vossas intenções. Avante, dizei: apaziguamento! e golpeai duro. Os sinos dos mosteiros tocarão vibrantemente por vós que sois pacíficos, e merecereis louvores exaltados dos pacatos burgueses que, vendo as vossas vítimas estendidas e eventradas sobre o calçamento das ruas, dirão: Pois muito bem feito! É pelo apaziguamento. Viva o apaziguamento! Sem apaziguamento seria impossível vivermos com sossego."

27

A senhora Baronesa de Bonmont conhecia a Exposição por ter ido lá jantar diversas vezes. Nessa noite era no La Belle Chocolatière, restaurante suíço situado, como se sabe, às margens do Sena, que a senhora de Bonmont jantava em companhia da elite guerreira do nacionalismo – Joseph Lacrisse, Henri Léon, Jacques de Cadde, Gustave Dellion, Hugues Chassons des Aigues – e da senhora de Gromance, que, como observou Henri Léon, parecia muito com a bela criadinha do pastel de Liotard estampada em uma cópia ampliada que era o símbolo do restaurante. A senhora de Bonmont era doce e terna. Fora o amor, o amor inexorável, que a levara ao seio dos guerreiros. Ela possuía uma alma feita, como a Antígona de Sófocles, não para o ódio, mas para a compaixão. Compadecia-se das vítimas. Jamont parecia-lhe a mais digna de lástima. A reforma prematura desse general a fizera chorar. Pensava em bordar uma almofada de tapeçaria sobre a qual ele repousasse a sua glória. De bom grado ela fazia tais presentes, cujo valor estava todo no sentimento. O amor, avivado pela admiração, que ela dedicava ao conselheiro municipal Joseph Lacrisse, dava-lhe uma satisfação que ela preenchia deplorando as adversidades do Exército nacional e comendo doces. Engordara muito e tornara-se uma matrona respeitável. A jovem senhora de Gromance alimentava pensamentos menos generosos. Tinha amado e enganado Gustave Dellion, e depois deixara de amá-lo. E Gustave, ajudando-a a despir o casaco claro com flores cor-de-rosa no terraço do La Belle Chocolatière, murmurou-lhe ao ouvido os nomes "bisca descarada" e "vagabunda", sob os olhos baixos do respeitoso *maître-d'hôtel*. Ela não deixou que o seu rosto refletisse qualquer perturbação. Mas no íntimo achou-o gentil, e sentiu que iria amá-lo novamente. Gustave, por seu lado, pensativo, deu-se conta de que, pela primeira vez na vida, pronunciara palavras de amor. E, muito circunspecto, foi sentar-se à mesa ao lado de Clotilde. O jantar, que era o último da estação, não foi alegre. A melancolia das despedidas fez-se sentir, assim como uma certa tristeza nacionalista. Sem dúvida, esperava-se ainda, alimentavam-se ainda infinitas esperanças. Mas é doloroso, quando se tem tudo, o número e o dinheiro, esperar o futuro, o vago e distante futuro, a satisfação de longos anseios e urgentes ambições. Só Joseph Lacrisse conservava alguma serenidade, julgando haver feito bastante pelo seu rei ao fazer-se eleger conselheiro municipal pelos republicanos nacionalistas das Grandes-Écuries.

– Afinal – disse ele –, tudo correu bem no 14 de julho, em Longchamp. O Exército foi aclamado. Gritaram "Viva Jamont!" e "Viva Bougon!". Houve entusiasmo.

– Certo, certo – disse Henri Léon –, mas Loubet retornou intacto ao Eliseu, e não houve nenhum progresso nos nossos planos.

Hugues Chassons des Aigues, que exibia um ferimento recente em seu nariz grande e majestoso, franziu o cenho e disse com orgulho:

— Eu lhes digo que a coisa ferveu na Cascade. Quando os socialistas gritaram "Viva a República! Vivam os soldados!"...

- A polícia – disse a senhora de Bonmont – não devia permitir gritos como esses...

— Quando os socialistas gritaram "Viva a República! Vivam os soldados!", nós respondemos: "Viva o Exército! Morte aos judeus!" Os "cravos brancos", que eu escondera nas moitas, agruparam-se ao meu grito e caíram sobre os "rosas vermelhas" sob uma chuva de cadeiras de ferro. Foram soberbos. Mas o que se havia de fazer? A massa não correspondeu. Os citadinos tinham vindo com as mulheres, crianças, cestos, sacolas cheias de comida... e mais os parentes da província vindos para ver a Exposição... velhos lavradores que nos olhavam com olhos de peixe... e camponesas de lenço na cabeça, desconfiadas como corujas. Quem seria capaz de sublevar essas famílias?

— Sem dúvida – disse Lacrisse –, a ocasião foi mal escolhida. E aliás, até certo ponto, nós devemos respeitar a trégua da Exposição.

— De qualquer modo – tornou Chassons des Aigues –, nós batemos a valer na Cascade. Eu, de minha parte, acertei um murro no cidadão Bissolo que lhe afundou a cabeça na corcunda. Ele se estatelou no chão: parecia uma tartaruga... E "Viva o Exército! Morte aos judeus!".

— Certo, certo – disse Henri Léon gravemente. – Mas "Viva o Exército!" e "Morte aos judeus!" é um pouco sutil... para o povinho. É, digamos, por demais literário, por demais clássico, e não é bastante revolucionário. "Viva o Exército!" é bonito, é nobre, é correto, mas é frio... Sim, é frio. E, depois, se querem saber, só há um meio, um único, de incitar a multidão: o pânico. Acreditem-me, não se põe em movimento uma massa de homens desarmados senão metendo-lhes o medo nas tripas. O que se tem a fazer é correr e gritar... sei lá... "Salve-se quem puder!

Cuidado!... Traição! Os franceses foram traídos!". Se vocês tivessem gritado isso, ou qualquer coisa parecida, numa voz sinistra, no meio do gramado, a correr, 500 mil indivíduos correriam com vocês, mais depressa que vocês, e não iam mais parar. Teria sido grandioso e terrível. Vocês teriam sido derrubados, pisoteados, reduzidos a papa... Mas a revolução estaria feita.

– Achas mesmo? – perguntou Jacques de Cadde.
– Não tenhas dúvida – tornou Léon. – "Traição! Traição!", este é o verdadeiro estopim da revolta, o grito que dá asas às multidões, que desperta igualmente bravos e covardes, que imprime um mesmo ânimo em 100 mil homens e dá pernas aos paralíticos. Ah!, meu bom Chassons, se tivesses gritado em Longchamp "Fomos traídos!", terias visto a tua velha coruja com seu cesto de ovos cozidos e seu guarda-chuva, e o teu velhote de pernas de pau, a correr como lebres.

– Correr para onde? – perguntou Joseph Lacrisse.
– Sei lá para onde. Nos pânicos pode-se saber aonde vai a multidão? Sabe-o ela própria? E o que importa? O movimento foi desencadeado. É o que basta. Não se fazem mais revoltas com método. Ocupar pontos estratégicos era bom nos velhos tempos de Barbes e de Blanqui. Hoje, com o telégrafo, o telefone ou simplesmente as bicicletas dos gendarmes, é impossível qualquer movimento organizado. Podes imaginar Jacques de Cadde ocupando a delegacia da rue Grenelle? Não. Só são possíveis os movimentos vagos, imensos, tumultuosos. E só o medo, o medo unânime e trágico, é capaz de arrastar a enorme massa humana das festas públicas e dos espetáculos ao ar livre. Perguntas-me para onde a multidão do 14 de julho haveria de fugir, fustigada, como por uma imensa bandeira negra, pelos gritos lúgubres de "Traição! Traição! O estrangeiro! Traição!". Para onde?... Bem, para o lago, com certeza.

– Para o lago – disse Jacques de Cadde. – Então, ela se afogaria, e pronto.

– E então! – replicou Henri Léon. – Trinta mil cidadãos afogados, isso não é nada? Não teriam o Ministério e o governo experimentado sérias dificuldades e um perigo real? Não seria uma data histórica?... É isso, vocês não são políticos. Vocês não são capazes de derrubar a República.

— Isto vais ver depois da Exposição – disse o jovem Cadde com a candura da fé. – Eu, para começar, em Longchamp, arrebentei um.

— Ah, arrebentaste um? – perguntou o jovem Dellion com interesse. – E quem era o tipo?

— Um mecânico... Se tivesse sido um senador, teria sido melhor. Mas no meio de uma multidão há maiores probabilidades de se esbarrar com um mecânico do que com um senador.

— E o que estava fazendo, o teu mecânico? – perguntou Lacrisse.

— Estava gritando "Vivam os soldados!". Então eu o arrebentei.

Ao que o jovem Dellion, picado por uma briosa rivalidade, deu a saber que, tendo um *dreyfusard* socialista gritado "Viva Loubet!", ele lhe havia quebrado os dentes.

— Tudo vai bem! – disse Jacques de Cadde.

— Algumas coisas podiam ir melhor – disse Hugues Chassons des Aigues. – Não exageremos o nosso otimismo. No 14 de julho, Loubet, Waldeck, Millerand, André, voltaram todos para casa. O que não teria acontecido se me houvessem escutado. Mas ninguém quer agir. Falta-nos energia.

Joseph Lacrisse contestou gravemente:

— Não. Não nos falta energia. Mas não há nada a fazer no momento. Depois da Exposição agiremos com vigor. A ocasião será favorável. A França, depois da folia, estará de ressaca. Estará de mau humor. Haverá greves e craques. Nada será mais fácil então que provocar uma crise ministerial, ou mesmo uma crise presidencial. Não concordas, Léon?

— Certo, certo – respondeu Léon. – Mas não há que ignorar-se que daqui a três meses nós seremos um pouco menos numerosos, e Loubet será um pouco menos impopular.

Jacques de Cadde, Dellion, Chassons des Aigues, Lacrisse, todos os Trublions juntos protestaram, e esforçaram-se por abafar com seus gritos tão deplorável profecia. Mas Henri Léon, em voz muito mansa, prosseguiu:

— É fatal! Loubet será dia a dia menos impopular. Ele era odiado pela ideia que nós dávamos dele: ele não corresponderá inteiramente a ela. Ele não é suficientemente grande para igualar a imagem que nós construímos dele, para impressionar o vulgo. Nós mostramos um Loubet de 100 côvados, a encobrir os ladrões parlamentares e a destruir o Exército nacional. A realidade parecerá menos estarrecedora. Ele não será visto sempre a proteger os ladrões e a desorganizar o Exército. Ele passará revistas. Isso projeta um homem. Ele desfilará de carro. É mais digno que andar a pé. Ele distribuirá comendas; dispensará palmas acadêmicas em profusão. Os que ele houver condecorado ou galardoado deixarão de acreditar que ele pretenda entregar a França ao estrangeiro. Ele dirá palavras felizes. Não duvidem. As palavras felizes são as mais tolas. Para ser aclamado, basta viajar. Os campônios gritarão à sua passagem: "Viva o presidente", como se fosse ainda aquele bom curtidor que nós choramos porque ele amava o Exército. E se a aliança russa vingar... a ideia me dá calafrios... vocês verão os nossos amigos nacionalistas desatrelarem-lhe o carro. Não digo que o homem seja um gênio portentoso. Mas ele não é mais parvo do que nós. Procura melhorar a sua posição. É muito natural. Nós pretendemos derrubá-lo; ele nos desgasta.

— Desgastar-nos, isso eu duvido — exclamou o jovem Cadde.

— Bastará o tempo — replicou Henri Léon — para desgastar-nos. Vejam, o nosso Conselho Municipal de Paris, como foi belo na noite em que a apuração nos deu a maioria! "Viva o Exército! Morte aos judeus!", gritavam os eleitores, ébrios de alegria, de orgulho e de amor. E os eleitos radiantes respondiam: "Morte aos judeus! Viva o Exército!" Mas como o novo Conselho não poderá dispensar do serviço militar todos os filhos dos seus eleitores, nem distribuir aos pequenos comerciantes o dinheiro dos ricos israelitas, nem mesmo poupar aos trabalhadores os sofrimentos da greve, ele desiludirá vastas esperanças, e se tornará tanto mais odioso quanto mais foi aclamado. Ele arrisca perder em breve sua popularidade na questão dos monopólios, águas, gás, ônibus.

— Estás enganado, meu caro Léon! — exclamou Joseph Lacrisse. — No que toca à renovação dos monopólios, não há o que temer. Nós diremos ao eleitor: "Nós lhe daremos gás a preço baixo", e o eleitor não terá de que se queixar. O Conselho Municipal de Paris, eleito com base num programa exclusivamente político, exercerá uma ação decisiva na crise política nacional que eclodirá após o encerramento da Exposição.

— Sim, mas para isso — disse Chassons des Aigues — é preciso que ele tome a frente do movimento demagógico. Se ele for moderado, rotineiro, calmo, conciliador, gentil, tudo estará perdido. É preciso que ele tenha em mente que foi eleito para derrubar a República e destroçar o parlamentarismo.

— A trompa! A trompa!... — bradou Jacques de Cadde.

— Que se fale pouco, mas bem... — prosseguiu Chassons des Aigues.

— A trompa! A trompa!

Chassons des Aigues ignorou a interrupção:

— Que se vote vez por outra uma resolução, uma simples resolução, tal como "Investigação dos ministros"...

O jovem de Cadde gritou mais alto:

— A trompa! A trompa!...

Chassons des Aigues tentou chamá-lo à razão.

— Não me oponho, em princípio, a que os nossos amigos apregoem a caçada aos parlamentares. Mas a trompa é, nas assembleias, o argumento supremo das minorias. Deve ser reservada para o Luxembourg e o Palais Bourbon. Deixa-me lembrar-te, meu caro amigo, que na municipalidade nós somos maioria.

Esta consideração não impressionou o jovem de Cadde, que gritou mais alto que antes:

— A trompa! A trompa! Sabes tocar a trompa, Lacrise? Se não sabes, eu te ensinarei. É necessário que um conselheiro municipal saiba tocar a trompa.

— Continuando – disse Chassons des Aigues, sério como se estivesse a jogar bacará. – Primeira resolução do Conselho: investigação dos ministros; segunda resolução: investigação dos senadores; terceira resolução: investigação do presidente da República... Após algumas resoluções desse quilate, o Ministério procede à dissolução do Conselho. O Conselho resiste e faz um veemente apelo à opinião pública. Paris ultrajada se levanta...

— Achas mesmo? – perguntou Léon suavemente. – Achas, Chassons, que Paris ultrajada se levantará?

— Acho – disse Chassons des Aigues.

— Eu não acho... – disse Henri Léon. – Tu conheces o cidadão Bissolo, pois o surraste, em 14 de julho, na parada. Eu também o conheço. Uma noite, no bulevar, durante uma das manifestações que se seguiram à eleição do triste Loubet, o cidadão Bissolo veio a mim como ao mais constante e mais generoso dos seus inimigos. Trocamos algumas palavras. Todos os nossos *camelots* se batiam. Gritos de "Viva o Exército!" ecoavam da Bastilha à Madeleine. Os manifestantes, divertidos e sorridentes, nos eram favoráveis. Apontando como uma foice o seu longo braço de corcunda para a multidão, Bissolo me disse: "Conheço bem esse cavalo. Pode montá-lo. Ele lhe quebrará as costelas lançando-o por terra de repente, quando o senhor menos esperar." Foi o que disse Bissolo à esquina da rue Drouot, no dia em que Paris se oferecia a nós.

— Mas ele ultraja o povo, o teu Bissolo – gritou Joseph Lacrisse. – É um infame.

— É um profeta – replicou Henri Léon.

— A trompa, a trompa, nada como a trompa – recitava com voz pastosa o jovem Jacques de Cadde.

fim da série
História Contemporânea

EDIÇÕES
BestBolso

Este livro foi composto na tipologia Minion, em
corpo 10,5/13, e impresso em papel off-set 63g/m² no Sistema
Cameron da Divisão Gráfica da Distribuidora Record.